Masimo Della Justina

República do Kaizer

EDICON

CIP-BRASIL. CATALOGAÇÃO NA PUBLICAÇÃO
SINDICATO NACIONAL DOS EDITORES DE LIVROS, RJ

J97r
Justina, Masimo Della
República do Kaiser / Masimo Della Justina. - 1. ed. - São Paulo : Edicon, 2023.
144 p. ; 23 cm.

ISBN 978-65-5934-085-9

1. Ficção brasileira. I. Título.

23-86489 CDD: 869.3
CDU: 82-3(81)

Gabriela Faray Ferreira Lopes - Bibliotecária - CRB-7/6643
03/10/2023 09/10/2023

REVISÃO: *Micheli Cristiana Ribas Camargo*

CAPA: *Alex Ramos*

CONTATO COM O AUTOR: masimo.dj@gmail.com

EDICON
Editora e Consultoria Ltda
(11) 3255 1002 • 3255 9822
Rua Gama Cerqueira, 87 Cambuci
CEP 01539-010 São Paulo/SP
www.edicon.com.br
contato@edicon.com.br

Sumário

República do Kaizer

da inspiração historiográfica
que é também na(rra)ção aos
estigmas nacionalistas que se
reencontram de era em era
nas esferas regional e transnacional

João Barcellos

Masimo Della Justina é daqueles raros intelectuais que lê o mundo para fazer parte dele inteiramente e, ao conjeturar uma possível circunstância histórica, torna-se o repórter-narrador em épicas canetadas.

Se pelos seus ancestrais italianos e alemães sabe da importância de um Brasil que poderia ser regionalizado a partir das diversas colonizações, sabe também que o núcleo germânico tentou ser mais do que uma colônia: assim mesmo..., como Garibaldi o tentou na sua odisseia transalpina-tropical, e nativos, como Prestes, que marcharam Brasil afora na intenção não de um ato nacionalista, mas para inscrever o Brasil no mapa marxista-leninista, embora se esquecendo da miséria popular e daquelas colônias mais do que linguísticas a sul do Brasil, das quais não teria apoio – i.e., uma marcha para o exílio ideológico por falta de estrutura socio-militar, como eu mesmo opinei diante dele quando o conheci no lançamento de um livro no Rio de Janeiro, ao final dos Anos 1980.

E antes de tudo isto, lá por 1910, quando Portugal finalmente imitava o ´filhote´ Brasil e enterrava com luva branca e bônus imperial a monarquia por uma República de valorização econômica e, sempre, de elites sociais, já o Kaiser [Wilhem II] em sua majestosa corte imperial sonhava ter na América do Sul um paraíso a ser tomado, tal e qual sonhou Manoel Nóbrega com o seu incompleto Império Teocrático Jesuítico.

É aqui, nesta teia em que surge a história por ela mesma, que Masimo Della Justina se confronta com aquela circunstância de uma América do Sul tão guarani quanto germânica. O jesuíta Nóbrega, que tornou a sua companhia eclesiástica uma potência fundiária com os povos guaranis, da Caucaia cearense à Bahia e passando por Piratininga (Sam Paolo dos Campi de) na direção do Paraguay, não apenas sonhou na sua Maniçoba logo destruída pelas gentes nativas, ele ousou ser a ponta de uma outra colonização: uma sociedade paralela ao Vaticano. E sendo o quadro jesuítico uma na(rra)ção eclesiástica imperial incompleta, no Séc. 17, a verdade é que no Séc. 20 o ideal de uma comunidade ultramarina sul-americana (também tentada pelos holandeses no norte do Brasil) rondou sempre as aspirações imperial-coloniais do Kaiser, que queria ser mais do que segunda potência naval do Ocidente, e que, menos de 20 anos depois, Hitler tentou assumir ao cartografar no seu mapa-múndi belicista mais um território: o espaço germânico-guarani.

Sabe-se que "...o objectivo, mesmo que apenas cartografado na intenção de um acto, traça linhas e pontos de ancoragem que se memorizam, seja por uma geo-política mundializada, ou regionalizada a partir de um núcleo colonial, e que pode ser retomada a qualquer momento" [J. C. Macedo – in "Vamos Falar de Transnacionalidade e Acto Colonial", palestra: Niterói-RJ, e Buenos Aires / Argentina, 1988]. Do que trata a suposição de Masimo Della Justina? Da "unificação da Argentina, Chile, Paraguai, Rio Grande do Sul, Santa Catarina e Uruguai sob a República Do Kaiser, desde as margens sul do rio Negro e do rio Iguaçu", unificação que o Brasil imperial havia rechaçado nos conflitos gerados na Bacia Platina. E, bem antes disso, na Guerra d'Iguape (Séc. 16), quando os portugueses, de fato, foram além da Linha Tordesilhana.

E qual é a circunstância geopolítica? O território guarani, que também se traduz por Bacia Platina, é a menina dos olhos de franceses, americanos e, mais, dos ingleses. Após conflitos regionais que afetaram durante anos e anos toda a Europa e a Ásia, enquanto a África se esfacelava tribalmente, a demanda por espaços-de-reserva aquém, e além Equador, dominaram a mente da 'intelligentsia' castrense, uma vez que uma Grande Guerra era uma questão senhorial: quem manda aqui, nós ou eles?... E a Grande Guerra aconteceu para minar estratégias senhoriais imperialmente cartografadas, mas como "uma geo-política mundializada" pode ser sempre retomada, as partes vencidas dobraram os mapas, mas não o sonho.

Masimo Della Justina passa a régua geopolítica na fotografia das potências em jogo-jogado e vai fundo no todo social para repaginar o contributo etnográfico no afazer dos impérios locais e continentais, de sorte que do folclórico 'rodopio do vestido da guarani paraguaia' (que encantou os germânicos) ele nos diz das amplas possibilidades de a ficção passar a ser o indutor de novas inventivas políticas, como o foi para os jesuítas, os portugueses e os castelhanos, os holandeses e os franceses...

Não se pode ver/olhar e não retirar daí um raciocínio. E é o que olhar ficcionalmente talhado (pela observação na verdade) de Masimo Della Justina nos traz para observar como as nações sul-americanas se desenvolveram em meio a eternos conflitos de terras (povos nativos desterrados e ignorados), corrupção público-privada internacionalizada via empresas estatais, golpes ideológicos, partidos políticos em defesa de blocos a Ocidente ou a Oriente. Eis que, volta e meia, alguém abre aquele mapa e sonha com os recursos naturais sul-americanos, e pronto, alguém quer fazer do seu sítio uma nova na(rra)ção político-linguística com geopolítica alinhada a este ou aquele eixo ideológico, porque o que importa a mais das vezes não é viver, é destruir a vida de outras pessoas.

Não é por acaso que o desmembramento de estados sulista do Brasil não sai da pauta política, mas, como na sorte suicida da Coluna Prestes, está em causa não só a política elitista dos três poderes da República brasileira, também está o poder intrincado do Papado católico que tem no Brasil um dos seus alicerces e nem sonha em perder tal poder temporal.

O retrato de República do Kaiser é uma ficção que o foi antes de o ser em várias circunstâncias político-eclesiásticas, quiçá, sempre uma possibilidade aberta ao câmbio ideológico para aventuras que afetam a dignidade humana. Ler o livro República do Kaiser é dar a possibilidade a nós de uma leitura humana e crítica pela construção em justiça social, sempre!

BARCELLOS, João
Escritor, historiador e Conferencista.
Rio Acutia Arriba, Brasil 2023

Preâmbulo

Essa é uma narrativa fictícia da construção de uma república unida pela Alemanha no início do século 20 na América do Sul. Ela se atém mais aos exercícios de estratégia e de logística para a unificação do que à sociedade ideal que teria sido.

É a imaginação de fatos que poderiam ter ocorrido durante o embrião do desenvolvimento econômico, político e social no Hemisfério Ocidental no início do século 20 quando entra como uma cunha divisória a aplicação da teoria dos jogos na crescente e insustentável rivalidade entre os poderes econômicos e navais da Terra. É uma ramificação específica de eventos globais que bem podem ser entendidos na nascente Geopolítica apresentada pelos autores pioneiros como Alfred Thayer Mahan, Carl Schmitt, Ernst Christian Kapp, Franz Boas, Friedrich Ratzel, Halford John Mackinder, Karl Ernest Haushofer, Johan Rudolf Kjellén e mais tarde Alexander Prokofiev de Seversky, Charles P. Kindleberger, Claude Raffstein, Edward Hallet Carr, Hans Joachim Morgenthau, Henry Alfred Kissinger, Nicholas Spykman, Joseph Samuel Nye Jr, Robert Keohane e Thomas Crombie Schelling.

Num jogo de poder onde alguns países são crocodilos, e outros são jacarés, lagartos e lagartixas, a América do Sul se torna o palco das páginas a seguir.

Entre 1909 e 1910 a marinha imperial alemã faz uma movimentação estritamente secreta e sincronizada para a unificação da Argentina, Chile, Paraguai, Rio Grande do Sul, Santa

Catarina e Uruguai uma única República, desde as margens sul do rio Negro e do rio Iguaçu, a partir dos seus encontros próximo à Canoinhas.

No mais alto grau de segredo possível há recrutamento e treino militar clandestino de posseiros desalojados na região contestada entre o Paraná e Santa Catarina, de desempregados do Rio Grande do Sul, do Paraguai e de outras regiões para a formação de um verdadeiro exército de mercenários do Reich, comandados por alemães experientes.

Em 16 de dezembro de 1910 a *Kaiserlische Marine*, a marinha imperial alemã, assume todos os portos, enquanto envia destacamentos em superfície das *Schutztruppe*, as forças de proteção alemãs, para se juntarem aos mercenários que estão guardando as fronteiras com a Bolívia, o Brasil e o Peru e daí reforçar a defesa enquanto formam o exército unificado da nova república.

A surpresa da ação total se faz necessária para evitar movimentações navais e militares pelos EUA, França e Inglaterra; caso a unificação seja feita paulatina e separadamente pelo Reich, pode haver uma reação das marinhas de guerra desses países, aumentado o perigo da deflagração de batalhas navais épicas no Atlântico Sul e até a eclosão de numa verdadeira guerra mundial. É preciso ter muito cuidado para não levantar suspeitas e nem causar a reação exageradamente agressiva de outros poderes, inseguros das pretensões alemãs.

A única consequência positiva dessas possíveis batalhas navais seria evitar a Grande Guerra Mundial, mas essa parece já estar tardiamente armada para eclodir. Dentro do seu plano estratégico de longo prazo, a Alemanha trabalha os cenários de que se derrotada nos mares do sul pelas ambições *guaranis* ou na Europa numa grande guerra, o país terá valorizado o passe o suficiente para exigir o direto de ter a sua própria empresa petrolífera. Então, dentro da teoria dos jogos dos estrategistas alemães, qualquer cenário se encaixa num resultado ganha-ganha.

As pretensões geopolíticas globais da Alemanha são quase totalmente conhecidas pelos serviços de espionagem de outras grandes potências e a corrida naval entre a Alemanha e o Reino Unido está atingindo o seu auge. Dentro do plano estratégico está a construção de uma grande república aliada na África, outra na América do Sul e o controle do Oriente Médio; mas esses três objetivos se mostram intangíveis para a Alemanha ao mesmo tempo. Então o Kaiser avalia que a região da América do Sul oferece uma janela de oportunidade, valendo a pena arriscar.

O *baile do rodopio do vestido da guarani paraguaia,* agendado para 16 de dezembro de 1910, é o código para a data da unificação das terras, mais ao sul e mais ao oriente, mais ao norte e mais ao ocidente, entre o Atlântico e o Pacífico, para a formação da República do Kaiser. Essas terras outrora habitadas pelos povos originários Abipone, Aché, Avá-Guarani, Aimará, Araucano, Aruaque, Atacamenho, Basco, Caaguá, Chamacoco, Chaná, Chango, Charrua, Colla, Diaguita, Guaicuru, Guaiana, Guaná, Guarani, Guenoa-Minuano, Ibiraiara, Jês, Kaingang, Kawashkar, Mapuche, Mbiá, Minuano, Nhandeva, Pãi-Taviterã, Paiaguá, Pineré, Quéchuas, Rapa Mui, Wichi, Xokleng, Yagán, Yaro e, depois, por conquistadores e imigrantes são unificadas num único Estado para promover o desenvolvimento econômico e o equilíbrio político e social. Não se trata de conquista territorial e nem de domínio colonial, mas de uma esfera de influência, de um aliado estratégico do Reich, plenamente independente e com capacidade bélica de potência global.

O experimento parlamentarista chileno, a vocação para o comércio exterior argentino, a democracia e consciência social uruguaia, o sentido de pertença paraguaio, o espírito de liberdade e de federação dos rio-grandenses e a ética do trabalho dos catarinenses, somados ao respeito aos contratos, à mentalidade de negócios, a cultura de honrar contratos e à vocação marítima das regiões a serem unificadas são todos parte da cola social da República. Tudo isso com forças armadas unificadas, bem treinadas e bem equipadas pela Alemanha, bons portos sincronizados com boa malha ferroviária, boa capacidade naval para a marinha mercante e a marinha de guerra. E com tudo isso na mesa, espera-se que a maioria da população seja convencida a aderir à continuidade da unificação.

Lamentavelmente o mundo se deflagra numa Grande Guerra Mundial entre 1914 e 1918. No Tratado de Versalhes, em troca da permissão para ter a sua empresa petrolífera, a Alemanha aceita retirar as suas tropas e esquadras navais da República e propõe um referendo para a população decidir o seu futuro em cada um dos cinco Territórios. O Rio Grande do Sul e Santa Catarina votam para retornar ao Brasil e a Argentina, o Chile, o Paraguai e o Uruguai decidem permanecer unidos na já próspera República Unificada que continua até meados da década de 1950 em harmonia política, social e com suas diversidades culturais e regionais e atinge um grau de desenvolvimento econômico equivalente ao da Austrália, Canadá, EUA e Nova Zelândia e se torna um poder militar vis-a-vis outras potências da Terra.

Com a sua própria petrolífera, não vai ser preciso a Alemanha invadir a União Soviética na década de 1930 em busca do petróleo e os eventos políticos e econômicos dramáticos, que poderiam ter tomado forma entre 1925 e 1945, não acontecem e a Segunda Guerra Mundial também não acontece.

Após mais de 40 anos de prosperidade, a República começa a se esfacelar com o golpe militar no Paraguai em 1954 e termina de vez com a sequente saída dos Territórios da Argentina, Chile e Uruguai. A harmonia vivida até então nessa região da América do Sul é substituída pela brutalidade, cegueira ideológica, censura, intimidação, perseguição, terrorismo de Estado, truculência e violência na política que leva aos dramas de baixo crescimento econômico, calote em contratos, corrida armamentista, dívida externa, dívida pública, desemprego, inflação, instabilidade cambial, pobreza e miséria para grande parte da população. Tudo isso é acompanhado de uma espiral descendente de escandalosa concentração de renda e riqueza, corrupção privada e pública, criminalidade, desrespeito aos direitos humanos, emigração, êxodo interno, fuga de cérebros, grupos armados, homofobia, manipulação ideológica, medo, milicias, narcotráfico poderes paralelos ao do Estado, proselitismo, racismo, tortura e xenofobia.

Com intervalos de democracia e de ditadura, desde meados da década de 1950 a região tem se deparado com usurpadores do poder na esfera privada e na esfera pública nas formas de autoritarismo, burocracia, chauvinismo, cleptocracia, clientelismo, corporativismo, coronelismo, corrupção, demagogia, elitismo, falso-nacionalismo, favoritismo, fisiologismo, golpismo, intervencionismo, monopolismo, nepotismo, oligarquia, plutocracia.

Essa é uma narrativa fictícia, e sem apologia e o autor espera que os amantes de suas terras não se sintam aborrecidos e que seja pelo menos um bom passeio pela linda geografia da região e pela logística de guerra e de estratégia geopolítica.

I

Cenário 1900-1910

Alemanha

Em 1900, o Império Alemão se torna a segunda maior economia do mundo, atrás dos EUA e quase atinge um terço do poderio militar naval do Reino Unido. Assim como o Reino Unido influenciou a Austrália, Canadá, EUA e Nova Zelândia, a Alemanha se dispõe a criar uma esfera de influência no Hemisfério Ocidental.

Na mesma era em que um excêntrico britânico investe pesadamente na África e diz que Deus gostaria de ver a bandeira britânica tremulando do Cairo ao Cabo, os alemães também têm um pé no Burundi, Camarões, Namíbia, Ruanda, Tanganica, Togo, Tsingtao e na Micronésia e acham possível e vantajoso fincar outro pé na América do Sul. Com a diferença que aqui há que se ter muita cautela e cuidado. Faz meramente um século que os países saíram do colonialismo espanhol e português e não há moleza para outros que queriam se aventurar já tão cedo.

A *Hochseeflotte*, a frota de batalha de alto-mar da marinha imperial alemã, em 1910, é composta de três esquadras com duas divisões cada e tem encouraçados cada qual acompanhado de oito navios, alguns cruzadores de batalha para fisgar o adversário e chamá-lo para o engajamento bélico.

A **Primeira Esquadra** alemã é composta pela primeira divisão com o encouraçado *dreadnought* Ostfriesland com 12 canhões de 30.5cm, 14 canhões de 15cm, 14 canhões de 8.8cm, 6 tubos de torpedo de 50cm; depois de 1910 são comissionados os encouraçados *dreadnought* Helgoland e Oldenburg. A segunda divisão é composta pelos encouraçados *dreadnought* Nassau, Rheinland e Westfalen ambos com 12 canhões de 28cm, 12 canhões de 15cm, 16 canhões de 8.8cm, 6 tubos de torpedo de 45cm; o encouraçado *dreadnought* Posen é comissionado depois de 1910.

A **Segunda Esquadra** alemã é composta pela terceira divisão com os três encouraçados Hessen, Lothringen e Preussen ambos com 4 canhões de 28cm, 14 canhões de 17cm, 18 canhões de 8.8cm, 6 tubos de torpedo de 45cm; o encouraçado Deutschland com 4 canhões de 28cm, 14 canhões de 17cm, 22 canhões de 8.8cm, 6 tubos de torpedo de 45cm. E a quarta divisão é composta pelos dois encouraçados Hannover e Pommern ambos com 4 canhões de 28cm, 14 canhões de 17cm, 20 canhões de 8.8cm, 6 tubos de torpedo de 45cm; os encouraçados Schlesien e Schleswig-Holstein com 4 canhões de 28cm, 14 canhões de 17cm, 22 canhões de 8.8cm, 6 tubos de torpedo de 45cm.

A **Terceira Esquadra** alemã é comissionada após 1910 e composta pela quinta divisão com navios da classe König. A sexta divisão é composta pelos dois encouraçados *dreadnought* Kaiser e Kaiserin com 10 canhões de 30.5cm, 14 canhões de 15cm, 12 canhões 8.8cm, 5 tubos de torpedo de 50cm; o Prinzregent Luitpold com 10 canhões de 30.5cm, 14 canhões de 15cm, 12 canhões 8,8 cm, 5 tubos de torpedo de 50cm e o encouraçado *dreadnought* König Albert, com 10 canhões de 30.5cm, 14 canhões de 15 cm, 12 canhões de 8.8cm são comissionados em 1913.

Além desses, a marinha imperial alemã tem 11 navios de concurso, 5 grupos de navios de reconhecimento, 8 flotilhas de torpedeiros e 2 flotilhas de submarinos, 3 divisões de varredura de minas e 3 lanças-minas. Há ainda os grupos de frotas para a defesa costeira, esquadras de batalhas e 6 meia flotilhas avançadas. A Alemanha tem navios cargueiros para suprir navios da guerra com alimentos e munição e peças para manutenção e reparo de avarias; também converte facilmente navios civis para apoio de invasão de superfície por tropas do exército.

Estrategistas alemães descartam a possibilidade de uma grande batalha naval no Atlântico Sul em reação às suas ambições e se fiam na percepção de que o Reino Unido deva manter a sua frota naval espalhada na Terra para acomodar seus interesses em colônias e protetorados e ainda garantir a defesa nacional; um engajamento no Atlântico Sul e Pacífico Sul pode enfraquecê-los nessas regiões bem como na Europa. Quanto aos EUA, os alemães esperam que esses não tenham ainda uma frota naval capaz de ocupar-se com tamanha encrenca e que isso também custaria num futuro esforço de guerra em solo e mar europeus. A Alemanha conjectura ainda que mesmo que possa sair derrotada numa eventual encrenca no Atlântico Sul, isso também viria a um custo logístico e financeiro para todos os envolvidos e diminuiria a capacidade naval de todos numa sequente guerra perigosamente à vista na Europa. Então espera que tudo fique por isso mesmo e que anos mais tarde, quando a situação xeque-mate no bico da América do Sul, das colônias ultramarinas e da própria Europa deva se acomodar, de uma maneira ou de outra, por negociação ou por guerra num novo cenário real de redistribuição geopolítica do planeta em busca de esferas de influência e de fatias de mercado. Logo, após essas cuidadosas ponderações, o Kaiser decide agir em dezembro de 1910.

As *Schutztruppe*, as forças de proteção da Alemanha colonial, vão agir como forças de invasão de superfície somente para assegurar as fronteiras até o exército unificado da República estar pronto. A partir daí, ficam somente com poucos destacamentos para dar apoio tático e para dar treinos às novas forças. Não se trata de uma conquista territorial, colonial e imperialista, senão da formação de uma república independente, mas estrategicamente aliada ao Reich. Caso o contrário, de imediato os EUA invocariam da Doutrina Monroe e organizariam uma coalizão militar para enxotar os alemães, o que poderia dar início a uma grande guerra em escala mundial.

A partir de 1909, agentes do *Abteilung*, do departamento de inteligência ligado à marinha, estão espalhados por todos os cantos da futura República do Kaiser e mantêm o império alemão bem-informado das intrigas políticas e ambições econômicas entre grupos rivais na Argentina, Chile, Paraguai, Rio Grande do Sul, Santa Catarina e Uruguai. Enquanto isso, a marinha alemã aglomera informações, planeja as ações, inunda clandestinamente e por rotas perigosas o interior desses países e estados com armas e munições. Ao mesmo tempo, treina mercenários de guerra alistados localmente e escondidos em pontos estratégicos para assegurar as fronteiras no dia da unificação até a chegada das *Schutztruppe*.

O Império Alemão também despacha um grupo com os melhores antropólogos, cientistas políticos, engenheiros civis, estrategistas, geógrafos, historiadores, militares que já conhecem os territórios por meio dos seus estudos, mas que agora vêm para fazer o mapeamento mais elaborado possível em colaboração com os agentes do *Abteilung*, das *Schutztruppe* e da *Kaiserlische Marine* para auxiliar em todo o planejamento e execução da unificação de Guarani.

Entre as tropas de proteção, as *Schutztruppe*, há agnósticos, católicos, conservadores, liberais, nacionalistas, protestantes, socialistas. Todos estão de bem com as suas convicções individuais, felizes por fazerem parte da empreitada na América do Sul e nada os divide. Mesmo não sendo proselitistas de suas convicções, o contato desses alemães com a população local vai despertar a curiosidade tanto de um lado quanto do outro e faz a população "sair da casca do ovo" em que tem sido mantida por 4 séculos de influência espanhola e portuguesa. Aos sul-americanos parece que o "jeito alemão" pode trazer mais prosperidade, menos violência e mais democracia e equilíbrio social do que tem sido até agora.

Entre 1910 e 1920, a República do Kaiser é administrada pelo Parlamento Guarani com estreita colaboração do *Reichmarineamt*, o departamento imperial da marinha, para deixar claro que a presença alemã é apenas estratégica e logística e não de domínio territorial, militar e político. Uma segunda razão é porque as forças terrestres são de responsabilidades dos estados da federação na Alemanha e assim a defesa da República do Kaiser pretende ser de responsabilidade das forças armadas locais unificadas, apesar de que alguns soldados das *Schutztruppe* colaboram com as forças armadas da República do Kaiser para treino e para a segurança das fronteiras com a Bolívia, o Brasil e o Peru. Um terceiro motivo é para que o departamento administrativo da marinha se reporte diretamente ao Kaiser e não ao primeiro-ministro alemão, dando a entender que essa é uma política de Estado e não de governo. E nesse arranjo há intenção de que a *Kaiserliche Werft Wilhelmshave*, a *Kaiserliche Werft Danzig* e a *Kaiserliche Werft Kiel* (estaleiros em Wilhelmshave, Danzig e Kiel) montem um estaleiro na República do Kaiser, de preferência no Chile, para construir uma poderosa esquadra naval na nova república e que essa seja aliada estratégica da Alemanha para os anos vindouros.

Argentina

Com a sua vocação de longa data para o comércio exterior, além de ser uma boa importadora, a Argentina é dotada de recursos naturais que podem ser de interesse comercial do Reich e dos Territórios do Chile, Iguaçu, Paraguai e Uruguai, destacando-se aí alcachofra, algodão, amendoim, aquíferos, arroz, aveia, azeitona, banana, batata, boro, cebola, cevada, carne, carvão, cereais, citrinos, cobre, couro, enxofre, erva-mate, feijão, gás natural, girassol, lã, laranja, leite e derivados, limão, lítio, magnésio, mel, milho, ouro, ovinos, pera, pescado, pêssego, petróleo, prata, sorgo, tangerina, tomate, toranja, trigo, tungstênio, urânio, zinco e uva.

Além da posição geográfica estratégica para a bacia Platina, para a passagem entre o Atlântico e o Pacífico e o acesso à Antarctica e com sua tradicional abertura para o comércio internacional, a Argentina tem portos fluviais e marítimos, operantes e com potencial, como os de Bahía Blanca, Barranqueras, Buenos Aires, Camarones, Campana, Caleta Paula, Comodoro Rivadavia, Concepción del Uruguay, Coronel Rosales, Corrientes, Deseado, Diamante, Dock Sud, Formosa, Ibucuy, La Plata, Madryn, Mar del Plata, Posadas, Punta Quilla, Quequén, Rawson, Reconquista, Río Gallegos, Rosario, San Antonio Este, San Julián, San Nicolás, San Pedro, Santa Fe, Villa Constitución, Uushuaia e Zárate.

Na comemoração do primeiro centenário da independência em 1910, a Argentina se depara com o segundo melhor padrão de vida da Terra, perdendo apenas para a Austrália e é um ator respeitado no palco internacional. No mesmo período os EUA, sob o canto da sereia em propagar prosperidade e paz na região, começam a mostrar as suas unhas de águia no continente, exclua-se com o Canadá; o primeiro incentivador da Alemanha é a posição firme de Argentina contra as ambições dos EUA. Há até esperanças de que esse país possa emular os EUA em giganteza econômica, e não faltam vizinhos que aguardam uma liderança portenha na América Latina como contrapeso às incursões europeias e americana na região. As incursões dos EUA na Nicarágua denunciadas pelo poeta Rubén Darío e as bravatas de Theodor Roosevelt anos antes enaltecem essa percepção.

Sabendo parcialmente das ambições da Alemanha, alguns estrategistas na Argentina sonham que, após o domínio teutônico, a república portenha possa assumir a liderança regional, numa pátria grande, novamente independente. Assim, ao enxotar o quanto antes as ambições dos EUA, da Inglaterra e da França simpáticas a uma prevalência regional do Brasil, parte da elite argentina não está tão disposta a mostrar resistência a uma "ocupação temporária e oportuna" pelo Reich. Talvez parte das elites do Chile, Paraguai e Uruguai, no seu silêncio, pensem o mesmo, serem eles os futuros protagonistas na nova república unida após a saída da Alemanha que, nas suas percepções, seria inevitável. Cada república sonhando em ser a líder; cada elite fingindo distração o suficiente para facilitar a unificação pela Alemanha sem ao mesmo tempo, levantar suspeita aos seus futuros aliados.

Para o Império Alemão, se lhe parece difícil tirar a Índia das mãos dos ingleses por meio do controle do Oriente Médio, então lhe parece mais racional tirar a Argentina e o bico da América do Sul da rota do comércio exterior britânico e americano. Para os bons maçons e liberais-iluministas da região que veem a Argentina como exemplo de construção de nação, uma Argentina prospera e protagonista na República do Kaiser também pode ser uma peça-chave para enxotar os alemães mais tarde.

Entre meados do século 19 até 1910, ao exportar em ouro, mas pagar salários em pesos desvalorizados, além de utilizar o setor público e as forças armadas para concentrar posses de terra e não se preocupar com a concentração de renda e riqueza e ainda não se interessar pela industrialização, a elite recém-enriquecida da Argentina não é um bom exemplo de democracia econômica e de prosperidade microeconômica; apesar da boa qualidade de vida geral no país, mesmo assim é possível que a classe média, comerciantes, industrialistas e trabalhadores não se importem tanto com a vinda dos alemães, dado o tratamento de desprezo que recebem de sua própria elite; alguns informados e silenciosos das intenções do Kaiser podem até mesmo dar as boas-vindas a uma república do Kaiser com sabor germânico. É possível também que parte da elite argentina vê na interferência da Alemanha uma janela aberta para darem calote a empréstimos internacionais gigantescos que o setor privado e público tem com a França e com o Reino Unido.

Canibalismo entre monopolistas brasileiros e estrangeiros no Brasil

O canibalismo entre monopolistas brasileiros e estrangeiros que lutam um contra o outro para controlar setores estratégicos como a borracha, energia, ferrovia, iluminação pública, madeira, minério e porto na nascente República no Brasil somado ao acotovelamento político na capital e nos estados no Brasil entram como uma luva de seda nas ambições da Alemanha em Santa Catarina e no Rio Grande do Sul.

Primeiro, lobistas brasileiros influentes sobre o governo federal tentam minimizar os boatos de interesses da Alemanha às margens do rio Iguaçu e na região contestada por Santa Catarina. Isso é estratégico, pois na eventualidade de luta armada, rebelião e violência nesta região os "nacionalistas" podem acusar os investidores estrangeiros nas áreas de ferrovia e de madeira pela baderna e almejam convencer o governo federal a dar preferência ao capital brasileiro no pós-conflito. Famílias e grupos nacionais interesseiros no Rio de Janeiro e em Santos e em ferrovias e outros setores e outros lugares do Brasil, incomodados com as "intrusões" de monopolistas americanos, convencem os corredores do poder na capital federal brasileira de que os rumores dos interesses dos alemães as margens sul do rio Iguaçu e no sul do Brasil não passam de invenções. A real intenção desses grupos econômicos é fortalecer a oposição ao investimento americano na região e enxotá-los de imediato e depois assumir o controle com capital tupiniquim. De maneira que se esforçam para convencer o governo central brasileiro a não gastar muita energia na recuperação de um eventual desmembramento de Santa Catarina e do Rio Grande do Sul para se unificarem à República do Kaiser.

Segundo, com a futura República, os portos de Santa Catarina e Rio Grande do Sul saem da concorrência com Paranaguá, Rio de Janeiro, Santos e Tubarão, dando mais oportunidade a grupos nacionais brasileiros. Além de chamarem para si oportunidades nos portos remanescentes, empreendedores brasileiros também não almejam afrontar a Alemanha no comércio da borracha e de minerais, e pretendem inclusive ser parceiros, independente do desenrolar dos eventos no bico do continente.

Terceiro, a Alemanha pretende importar borracha vis-a--vis os EUA, Inglaterra, França e Itália e assim grupos brasileiros também almejam controlar as ferrovias do norte do Brasil que transportam a borracha para os portos. A construção da ferrovia Madeira-Mamoré, iniciada com capital estrangeiro para a exportação da borracha para os EUA e Europa, enfrenta a malária e opositores brasileiros bem conectados com o governo federal que pretendem melar as ambições de concorrentes estrangeiros a qualquer esforço e tática, desde que sejam efetivos.

O Brasil supre mais de 90% da borracha global e, devido à indústria automobilística alemã em expansão, a Alemanha tem também liderança global metalmecânica e deseja ter boas relações comerciais com esse fornecedor sul-americano de borracha e matérias-primas. Mesmo se garfar parte de território tupiniquim e mesmo se estabelecer a República, a Alemanha almeja ser um grande parceiro comercial do Brasil.

Quarto, um Brasil ainda rural tem pouca infraestrutura para o comércio interno e exterior e gargalos para acelerar a industrialização.

A própria iluminação pública do Rio de Janeiro só se inicia com capital externo. A legislação federal antimonopólio visa proteger grupos brasileiros contra investidores estrangeiros e não necessariamente promover a concorrência perfeita e a livre iniciativa. Com muitos gargalos e oportunidades abertas, famílias e grupos nacionais se interessam e se apressam para suprir as demandas e não têm escrúpulo para acotovelar os interesses de investidores estrangeiros. Na paciência histórica aguardam a Alemanha atingir os seus objetivos, enquanto isso enxotam o capital externo e mais lá na frente pretendem obter o controle completo, ao enxotar os próprios alemães.

Em *quinto lugar*, o Brasil é um gigante global do café e os donos do dinheiro no mercado de café já amargam um declínio internacional; astutamente para distrair o governo federal do Brasil, empreendedores alemães compram grande parte do estoque excedente do café do Brasil na segunda metade da primeira década do século 20, evitando até que seja queimado pelo governo federal para aumentar o preço. O café, que é um problema, valoriza o seu passe na política, com o surgimento da política café com leite. São Paulo e Minas Gerais se esbaldam na economia, o Rio de Janeiro se esbalda no luxo, o resto do Brasil tenta sobreviver e muitos catarinenses, gaúchos e paranaenses passam miséria nas regiões dos rios Canoas, Chapecó, Cubatão do Norte, Iguaçu, Irani, Marombas, Negro, Peixe e Uruguai.

Em *sexto lugar*, a crise financeira internacional de 1907, afeta também a Alemanha,, com excedente de produção industrial e pode reverter parte da capacidade produtiva para fins bélicos, visando o plano geopolítico global nos três As: África, América Latina, Arábia.

As importações brasileiras estão mais para alimentar o setor público do que para maquinários e equipamentos para a industrialização, mas o comércio com a Alemanha pode abastecer o setor de maquinários e equipamentos para a agricultura, construção, indústria, marcenaria e têxtil.

Enfim, esse período marca muito a evolução do nascente capitalismo brasileiro e do papel do setor público, pois o jeito como a Companhia Siderúrgica Nacional, a Companhia Vale do Rio Doce e a Petrobrás serão organizadas mais tarde, tem suas raízes todas próximo de grupos privados organizados sobre o governo federal brasileiro.

Acotovelamento político no Brasil

Além desses fatores econômicos, o acotovelamento político na capital brasileira e em alguns estados da federação, bem como a instabilidade política mesclada com integridade territorial ainda desafiadora também dão brechas para a Alemanha agir clandestinamente em Santa Catarina e no Rio Grande do Sul. Canudos e a Revolução Federalista ainda exalam cheiro de sangue no ar e a República não tão federativa quanto se proclama, cheia de militares amedalhados, ainda não se parece grande coisa. A capital do Brasil, ocupada em copiar tudo o que há de bonito e folgado em Paris, vive a sua *belle époque* com desafios urgentes sobre a mesa do setor público, atrapalhada por intrigas entre militares e entre civis para o comando do palácio do presidente, esse próprio distraído o suficiente para a Alemanha sentir-se confiante de suas ambições no sul do país. Vários fatores políticos brasileiros convencem a Alemanha de que a porta está somente encostada e não chaveada. Então, como um ladrão noturno oportunista, se atreve a roubar as ovelhas enquanto os donos dormem angelicalmente distraídos.

Em *primeiro lugar*, a capital brasileira consome a política nacional envolta em problemas sanitários e desafios de febre-amarela, hanseníase, peste bubônica, sarampo, tifo, tuberculose, varíola e tudo isso agravado por penicos que ainda são despejados nas ruas.

O combate ao mosquito e ao rato são divisores agressivos entre os que têm e os que não têm na capital federal, opulenta e preguiçosa, com uma elite ambiciosa e oportunista na política advinda de todos os estados da federação.

Em *segundo lugar*, nos esforços para a modernização imobiliária da capital federal, com alargamentos de avenidas e construção de praças e jardins, os moradores com menos posse financeira são enxotados do centro para habitar pobremente terras livres e inseguras nos morros. Surgem aí as favelas. A sensação de miséria pelos posseiros e pequenos agricultores e pequenos fazendeiros nas proximidades dos rios Canoas, Chapecó, Cubatão do Norte, Iguaçu, Irani, Marombas, Negro, Peixe e Uruguai não é muito diferente e esses são sinais visíveis de que república não é para todos, assim como também não tivera sido a monarquia.

Em *terceiro lugar*, tendo tido três presidentes entre 1909 e 1910, há mais uma brecha de distração do Brasil para ser explorado pela Alemanha. Militares se acotovelam entre eles pelo controle do poder e prestígio e civis oportunistas, também sedentos, fazem o mesmo. A paralisação de 2000 marinheiros na Revolta da Chibata causa alívio à frota naval alemã que aproveita a oportunidade para o controle total dos portos de Santa Catarina, Rio Grande do Sul, Argentina, Chile, Paraguai e Uruguai no dia 16 de dezembro de 1910. Fosse por mais informação e logística por parte da marinha alemã, a própria capital brasileira poderia ter sido tomada na ocasião; isso, contudo, teria ouriçado demais os EUA.

Em *quarto lugar*, na esfera das relações internacionais, o barão do Rio Branco, ministro das Relações Exteriores entre

1902 e 1912, assegura a parceria dos EUA contra as ambições do imperialismo europeu, ao mesmo tempo que prega a neutralidade brasileira em questões internas de outros países. Os alemães são conhecedores da insegurança fronteiriça entre estados da federação brasileira e entre países da região, não havendo algo tão novo assim ao sul do continente americano, como a Questão de Palmas, envolvendo Argentina, Paraná e Santa Catarina. Isso sem mencionar as encrencas com as Guianas e com o Acre.

Uma *quinta oportunidade* para a Alemanha é a instabilidade e insegurança criada pela ação política e de controle pelos coronéis, como já vem ocorrendo em muitas partes do Brasil. Além das encrencas nas terras contestadas em Santa Catarina, com um potencial explosivo que pode até levar a batalhas sangrentas e massacres entre revoltosos e as polícias militares de Santa Catarina e Paraná e o exército brasileiro, há perturbações similares em outros estados como em Alagoas, Bahia, Espírito Santo, Pará e Rio de Janeiro. A Revolta de Canudos e a Revolta dos Muckers já têm provado que as pessoas de posse e os novos-ricos locais inseguros com modelos econômicos comunitários e sociais alternativos, logo procuram dar caráter messiânico e de bruxaria às comunidades independentes, perpetrar a violência por meio da polícia, do exército, de jagunços e milicias e se eximirem da responsabilidade. A Política de Salvações do presidente da república do Brasil, distraído com urgências citadas acima e rodeado de invejosos que fazem chacota dele, é o cenário perfeito para a ação da Alemanha nos dois estados do sul.

Em *sexto lugar*, e talvez o fato mais imediato, é o barril de pólvora na região contestada. O deslocamento de proprietários de terras de pequeno e médio porte causado pela desapropriação nas margens da ferrovia São Paulo-Rio Grande do

Sul em construção e o corte insano de pinheiros vai gerar um grande descontentamento aos empreendedores e trabalhadores da região. Trabalhadores dessas propriedades também se tornam redundantes por essa razão e pela utilização de mão de obra trazida de outras regiões pela ferrovia. Somado a isso, há a disputa territorial e de fronteiras ainda indefinidas entre o Paraná e Santa Catarina, um barril de pólvora prestes a explodir. Isso é campo fértil para a Alemanha recrutar mercenários de guerra em meio a quase 8000 desocupados na região. Assim, um grupo de 3000 mercenários são bem treinados para o dia da unificação e unidos com alguns instrutores a outros soldados da *Schutztruppe* já infiltrados e mais outros 1000 estão preparados para chegar no dia da unificação. Esses mercenários em acampamentos clandestinos e desconhecidos das autoridades precisam ser ágeis na eventualidade de um conflito armado contra o exército brasileiro ou contra a polícia militar do Paraná e Santa Catarina na separação das fronteiras no rio Iguaçu. Considerando que as polícias militares do Paraná e Santa Catarina e destacamentos do exército brasileiro possam vir munidos de metralhadoras e canhões leves, a guerra de guerrilha será puxada em iscas estratégicas para matas fechadas e regiões com banhados e de difícil acesso, que atolam cavalos e armas e molham armas e munições. Num possível cenário, enquanto forças do exército do Brasil perseguem esses inatingíveis mercenários escondidos nas matas e taquarais, a marinha alemã desembarca mais e mais *Schutztruppe*.

De maneira que os preparativos militares narrados aqui se concentram muito nas margens sul do rio Iguaçu e nas margens dos rios Canoas, Chapecó, Cubatão do Norte, Irani, Marombas, Negro, Uruguai e nas divisas da Argentina, Chile e Paraguai com o Brasil e a Bolívia.

Um fator, porém, que preocupa as intenções da Alemanha é introdução do serviço militar brasileiro, tornado obrigatório em 1908 e que pode dar mais capacidade defensiva do território nacional brasileiro. No Chile, ao contrário, essa obrigação, também introduzida recentemente, e dado o seu profissionalismo já demonstrado, pode facilitar a ampliação das futuras forças armadas unificadas da República do Kaiser.

Chile

O Chile também já tem provado a sua vocação para o comércio exterior, pragmatismo nos negócios e abertura para imigrantes alemães. Com a unificação da República do Kaiser pode ser bom importador da Alemanha e dos Territórios da Argentina, Iguaçu, Paraguai e Uruguai, bem como um exportador de alho, ameixa, arroz, aspargo, aveia, avelã, azeitona, batata, carvão, cebola, cereja, cevada, chumbo, cobre, feijão, girassol, kiwi, limão, maçã, madeira, manganês, milho, minério de ferro, molibdênio, nitrato de sódio, ouro, oxicoco, pera, pêssego, salmão, tangerina, tomate, trigo, uva, vinho, zinco.

A comprida costa do Chile com 4200km e os seus portos, em operação e com potencial, são estratégicos para a economia e para a defesa da República do Kaiser como Arica, para exportação de cítricos e olivas; Coquimbo, para o abastecimento de cimento e boas conexões pelo país e com a Argentina; Coronel, próximo da produção agrícola, pesqueira e madeireira; Lirquén, na baia de Concepción, para exportar açúcar e cereais; Punta Arenas, o mais estratégico para o controle da passagem do Estreito de Magalhães; San Antonio, o mais próximo a Santiago a 110km de distância e bom para o carregamento de alimentos e frutos-do-mar; San Vicente, bem integrado com conexões terrestres; Talcahuano, bom para base naval e pesca; Valparaíso, a perola do Pacífico; Há ainda bom potencial nos portos de Caldera na região do Atacama, Antofagasta, Guacolda, Iquique, Mejillones, Montt, Patillos, Quintero, Tocopilla e Ventanas.

O país também vem de um experimento parlamentarista a partir da guerra civil de 1891; essa experiência, mais aquela de estabilidade e ênfase social do Uruguai, pretendem ser ampliadas para toda a República do Kaiser onde almeja-se estabelecer um sistema parlamentarista de governo. Também demonstra que com a política dominada por elites agrárias, amigos podem ser feitos também entre trabalhadores bem como entre profissionais liberais, desempregados e minorias indígenas.

Ainda com os traumas da guerra civil de 1891, com o terremoto de 1906 e com algumas mineradoras tendo polícia privada e movimento sindicalista forte, há divergências entre patrões, trabalhadores e autoridades. Com os dias dramáticos em 1907, em Iquique, os alemães aproveitam para fazer aliados na região onde o cobre e nitrato de sódio são de seu interesse e um almejado troféu contra os negócios britânicos. Dada a mágoa de parte da população com as forças armadas chilenas pelo Massacre de Santa Maria, é possível que não haja muita resistência contra a chegada dos alemães em 1910. Por sua vez, os mandantes chilenos se fiam no anti-marxismo do regime do Kaiser, conveniente contra o sindicalismo crescente no Chile e ainda acreditam numa curta estadia dos alemães em terras chilenas e por isso não movimentam as suas tropas contra a unificação.

A construção da ferrovia chilena que liga o norte ao sul é um fator que favorece a unificação, assim como a estrada de ferro Arica-La Paz cruzando as fronteiras de Visiri e Charaña, iniciada em 1906 como fruto do Tratado de Paz e Amizade de

1904 e quase pronta em 1900. Por outro lado, a República do Kaiser deverá controlar bem a parte norte do Chile antes de qualquer movimentação oposta como a utilização da ferrovia pelas forças armadas do Brasil e da Bolívia contra a nova república.

A introdução do serviço militar obrigatório no Chile, desde 1900, não é vista como uma preocupação, ao contrário, dado o seu já demostrado profissionalismo, pode facilitar a integração das forças militares com tropas unificadas. As tensões por disputa de fronteira e da Patagônia e esferas de influência entre a Argentina e Chile quase levam à guerra em 1901, resultando também numa corrida armamentista e naval. Em 1902, as fronteiras dos Andes são estabelecidas pelo Tratado de maio sob mediação britânica; os acordos da década anterior forçam os dois países a diminuírem o potencial de suas marinhas, mas as estruturas que estão aí podem favorecer a construção das forças de defesa unificadas.

Encrencas no Canal de Beagle e Baia de Nassau também podem ser resolvidas com o advento da República Unificada. E as disputas pelo Chile para controlar o Pacífico e pela Argentina para controlar o Atlântico servem de inspiração para o regime do Kaiser: controlar ambos.

Há um tratado geral de arbítrio com a Argentina em 1902 e planos de se fazer conexões ferroviárias com outras áreas do Chile, com os lagos chilenos e com a Patagônia. Fronteiras também são resolvidas entre o Chile e a Bolívia (1904) e entre o Chile e o Peru (1906). Tudo isso deve facilitar a unificação, quando se pretende adicionalmente reforçar as intenções chilenas para o controle parcial da Antártica, sob a alegação de proteção à pesca; isso pode servir como poder de barganha em negociações de outras exigências pelas potências navais da Terra.

Na primeira metade da década de 1910, a presidência da República chilena dá uma guinada em prol da liberdade, laicismo e modernidade que vão em direção ao jeito alemão. Por outro lado, alguns fatores favorecem a unificação com a República do Kaiser, como as dificuldades vindas desde o terremoto em Valparaiso em 1906, os distúrbios trabalhistas em Iquique em 1907, a instabilidade política recente do Chile com governos diferentes, trocando praticamente a cada três meses e com ministros instáveis, inflação elevada e agito social nas ruas e em 1910 completados com novos distúrbios trabalhistas.

Llanquihue, Osorno, Puerto Montt, Valdivia têm recebido muitos imigrantes alemães até mesmo antes de 1900, vindos principalmente de Bavaria, Baden e Rinelândia; outras regiões distantes e não habitadas também têm sido abertas e desenvolvidas pela tenacidade de imigrantes alemães e muitos desses são empreendedores e de classe média e muito fiéis ao Chile. O fato de ter muita gente falando em alemão nessas regiões não levanta suspeitas sobre agentes e mercenários atuando por aí na preparação para o dia da unificação.

EUA

Com uma economia em desenvolvimento acelerado, mas ainda não uma potência econômica, nem naval e nem militar para a grande teoria dos jogos aplicados na geopolítica global, os EUA continuam o seu isolacionismo dos eventos políticos e bélicos dramáticos entre europeus como vem fazendo desde a segunda metade de século 19; contudo, assumem uma agenda de maior interesse na América Latina no início do século 20. A invasão americana à Venezuela em 1902 e as suas intervenções em Honduras e Santo Domingo e, por último, no Panamá para garantir o controle das faixas terrestres em volta do Canal em 1903 dão coragem para a Alemanha também fazer uma incursão ambiciosa no Hemisfério Ocidental. A própria Alemanha participa com os seus canhões contra uma cidade venezuelana em dezembro de 1902, junto com os EUA, Inglaterra e Itália, em operações que bloqueiam os portos da Venezuela devido a encrencas desse país com o gigante do norte.

A Argentina já tem se destacado com a doutrina Calvo e com a doutrina Drago e faz alerta contra intrusões estrangeiras em solos soberanos no continente americano e não demonstram muita simpatia pelas aventuras ianques. Isso, adicionado à tradição de neutralidade do Uruguai em assuntos internacionais, leva a Alemanha a perceber mais uma janela de oportunidades.

Na área econômica, no início do século 20, a primeira geração de monopolistas americanos como Carnegie, Ford, Morgan, Rockefeller e Vanderbilt já está sendo sucedida pela segunda geração e essa está estendendo as suas ambições na América Latina e no oriente da Rússia.

Um aventureiro e destemido quaker norte americano começa a construir o seu império nas terras tupiniquins a partir de 1904, investindo em agricultura, bondes, borracha, carne, ferrovias, hidroelétrica, madeira, minérios, navegação, papel, porto e siderurgia. Como é de se esperar, ele vai entrar em colisão frontal com os interesses dos monopolistas nascentes da república tupiniquim, onde quase tudo ainda está por se fazer. E a Alemanha, sabendo que ambiciosos tupiniquins se opõem a esse e a outros estrangeiros, espera que eles possam convenientemente facilitar as coisas para o jogo alemão; assim a própria Alemanha também se anima para contrapor o capital americano e britânico na América do Sul.

Não obstante, a alerta veemente dos EUA invocando a política da "América para os americanos", ninguém vai deter as forças do Kaiser que tomam todos os portos da região e unificam a República do Kaiser em 1910. Os americanos decidem manter distância e, uma vez que já têm um plano estratégico para as nuvens que se aglomeram nos céus da Europa, para tirarem proveito de uma futura grande guerra, também acham oportuno à Alemanha manter o projeto na América do Sul que pode enfraquecê-la em suas forças terrestres e navais tendo que dividir os esforços na eventualidade de uma guerra na Europa. E por esse desafio, assim desejam os americanos, de qualquer forma a Alemanha perde a região em breve e não vale o desgaste americano. Deixe os agir e poupa-se munição militar, esforço diplomático e imagem internacional e maximiza-se o capital político junto à Europa para o pós-conflito.

Mas a Alemanha precisa ter cautela, pois como os EUA já estão se comportando como uma grande galinha-choca cuidando dos seus pintainhos no Hemisfério Ocidental e como o Reino Unido ainda detém a maior e mais potente frota naval nos mares, esses dois países podem não permitir aventuras do Kaiser na Mar da Prata. Então a estratégia alemã é não se aventurar demais, mas exercer um poder indireto onde os Territórios a serem unificados não deverão ser colônia e nem protetorado, mas plenamente independentes e absolutamente aliados estratégicos. Caso contrário não vale o desgaste. Cuidadosamente planejada nos corredores do poder, os estrategistas de Berlim, desenham a República e montam uma máquina de guerra formidável para implantá-la, contando com pouca reação americana e britânica.

Em 1900, a marinha dos EUA sobe para a 5ª. posição global em termos quantitativos, vindo da 12ª. posição até anos anteriores. A guerra contra a Espanha em 1898 foi um despertar para a nova geopolítica global. Theodore Roosevelt Junior, presidente entre 1901 e 1909, incentiva uma melhoria na eficiência e poder de fogo da marinha, encomenda 16 encouraçados e faz uma viagem pelos mares da Terra entre 1907 e 1909 para demonstrar e testar o poder diplomático da marinha. Em 1910 é introduzida a aviação naval americana, a colaboração entre marinha e a nascente aeronáutica, uma inciativa décadas depois mais bem proposta por Alexander Prokofief de Seversky.

Paraguai

Além da importância estratégico-geográfica projetada no centro da República Unificada, o Paraguai precisa de importações e é bem-dotado de recursos naturais para alimentar a economia do Reich e dos Territórios da Argentina, Chile, Iguaçu, Uruguai com abacaxi, algodão, aquífero, arroz, aves, banana, café, cana-de-açúcar, carne (ave, bovina, suína), carneiros, cavalos, cobalto, cobre, cromo, erva-mate, ferro, gado, laranja, leite de vaca e derivados, madeira, mandioca, manganês, milho, níquel, ouro, petróleo, pesca, quebracho vermelho, sorgo, suínos, tabaco, tanino, titânio e urânio.

No coração da bacia hidrográfica, oferece os portos fluviais de Asunción, Cidade de Leste, Encarnación, San Antonio, Pilar e Villeta. Esses podem conectar-se com o interior do Paraguai e com os seus vizinhos por estradas, hidrovias e ferrovias.

Altos e baixos têm afetado a unidade nacional paraguaia desde a revolução liberal de 1904 e a deposição do presidente; o Pacto de Pilcomayo e outros eventos vão na direção de uma instabilidade política paraguaia desejada pelos alemães para facilitar a unificação da República Sulamericana que ocorre um mês antes que mais um golpe de Estado teria ocorrido.

Os experimentos da era Francia (1813-1840), marcados por uma filosofia política liberal, secular, pragmática e anti-oligárquica, são deliberadamente valorizados nas propostas econômicas e sociais. O espírito nacional ainda presente desde os dias de Francia e da Guerra do Paraguai e o sentido de pertença da população a uma nação que seja também independente e homogênea é usado pelo Reich para enaltecer o protagonismo do Paraguai na construção da República e garantir a sua fidelidade.

A tradição paraguaia de sobrevivência política de presidentes, políticos e latifundiários com camponeses de certa forma pode servir para garantir a harmonia política e social, na unificação, motivo pelo qual não se pretende mexer muito na propriedade rural e nem embarcar em uma ampla reforma agrária na nova República. A participação estatal na economia paraguaia tem sido maior do que aquela vista até então nos seus vizinhos desde o século 19. Outro aprendizado útil que o Paraguai oferece é evitar aborrecer a todos com tributação e sempre manter os militares contentes.

A laicização da igreja católica paraguaia e o anticlericalismo promovido por Francia já têm criado um caráter mais independente de Roma; isso somado ao luteranismo, bem presente no Rio Grande do Sul, Santa Catarina e Paraguai, e ao iluminismo na Argentina e no Chile podem favorecer a agenda da Alemanha.

Muito embora o regime do Kaiser respeite as denominações de fé e não dá preferência a nenhuma delas para evitar oposição; mesmo assim, entende-se que a religião pode ser parte essencial da cola social que unifica as mentes e corações para dirimir oposição ao regime. Tudo isso somado à *Wissenschaftsideologie* pode dar um caráter bem moderno à República.

Espera-se que as suspeitas históricas dos paraguaios sobre as ambições de uma Argentina grande possam ser dirimidas pelo papel protagonista que se promete ao Paraguai na construção da República do Kaiser. Como já dito, um dos grandes desafios é garantir a fronteiras com o rio Iguaçu, com o Brasil e com a Bolívia; com praticamente o Paraguai inteiro ao lado das intenções do Reich, a adesão geográfica é imprescindível.

Os agentes alemães conquistam a aderência e o segredo das elites do Paraguai ao plano, incutindo a promessa, mentirosa e útil, de que os paraguaios serão protagonistas nos eventos da unificação e na sequência, quase como uma interferência divina para uma redenção histórica da brutalidade da Guerra Guaçu da Tríplice Aliança contra eles. Em capelas católicas organizam-se até novenas pedindo auxílio divino para os dias vindouros. Gravuras de Francia, de Lopes e de Jesus lotam mercearias e botecos e poucos sabem por que, mas é uma preparação mental para o dia da unificação com grande nacionalismo junto aos amigos alemães. A manipulação ideológica na mente dos mais humildes é completa, associando-se a uma *nova vinda* de um salvador, assim como colocado por outros na mente dos *pelados* entre os rios Iguaçu e Uruguai.

Reino Unido

Com muita cautela, mas em resposta significativa às ambições da Alemanha na América do Sul, parte da esquadra real britânica é enviada para o Atlântico Sul em 1910 como exibição de força, mas não pode se dar ao descuido de enfraquecer as suas posições na Europa e nas colônias e protetorados sob a suspeita de que a Alemanha possa aproveitar a oportunidade para invadir a vizinhança na Europa ou até ser mais ambiciosa na África e no Oriente Médio. Já está no plano estratégico de país do Reino Unido bloquear toda a esquadra naval alemã no mar Báltico na eventualidade de uma guerra entre os poderes na Europa, para evitar que atue no Mar do Norte, Canal da Mancha, Atlântico Norte, Mediterrâneo e Canal de Suez. Além de garantir o transporte de alimentos, matérias-primas e tropas de outras partes do império britânico, é preciso ter forças e não dispersar a marinha britânica globo afora, muito menos em combate regional fora da Europa. De qualquer forma, vai ser necessário bloquear toda a frota naval da Alemanha estacionada na Europa.

Uma oposição total do Reino Unido, da Europa e dos EUA contra a aventura da Alemanha pode levar inevitavelmente a grandes batalhas navais no Atlântico Sul e no Pacífico Sul, avariando parte substancial de ambas as frotas de alto-mar, a *Hochseeflotte* alemã e a *Royal Navy* britânica. Isso enfraqueceria os dois lados para eventual teatro de operações no Mar do Norte, algo que parece estar prestes a acontecer a qualquer hora dada a rivalidade industrial e naval entre o Império Alemão e o Reino Unido em âmbito global.

Já a partir de 1901, em reação ao crescente poder da marinha alemã e às possíveis ameaças dos EUA, França e Japão, a marinha britânica muda o seu status de *imperial* para de *guerra* e dá prioridade para eventuais teatros de operações no Mar do Norte. São introduzidas frotas, esquadras de batalhas e de cruzadores, flotilhas de contratorpedeiros e de submarinos e uma boa sincronização entre todas elas. Ocorrem melhorias na organização tática e administrativa, com mais coerência de classes e tipos de navios e melhor capacidade de batalha. E tudo é complementado por mais liderança tática para treino e operações.

A *Royal Navy* britânica, em 1910, é composta de cruzadores blindados, cruzadores escoteiros, cruzadores leves, cruzadores protegidos, encouraçados, saveiros, canhoneiros, torpedeiros, flotilha de contratorpedeiros e contratorpedeiros de costa bem como submarinos. Desde 1906, a classe de navios *dreadnought* têm superado em muito a capacidade alemã, que mesmo no seu auge só alcança em dois terços a capacidade naval britânica, apesar dos esforços de Guilherme II para "construir uma frota tão linda quanta a britânica".

Entre 1900 e 1910, o objetivo maior da *Royal Navy* é proteger o império britânico, mas também patrulhar e proteger as rotas comerciais marítimas. Seus navios de guerra, não necessariamente organizados em frotas ainda, estão distribuídos em sete estações estratégicas: África, América e Índias Ocidentais, Austrália, China, Índias Orientais, Mediterrâneo e Pacífico. E para a defesa nacional alguns navios estão estacionados permanentemente em três comandos: Nore, Portsmouth e Plymouth. Há também uma esquadra para o Canal da Mancha integrada às guardas costeiras e aos maiores portos da Grã-Bretanha. De qualquer forma, as frotas da África, das Américas e do Pacífico oferecem boas logísticas para confrontar a Alemanha na América do Sul a qualquer momento.

Rio Grande do Sul

Rico na agricultura familiar, fazendas produtivas, estâncias e boa estrutura ferroviária pode ser bom parceiro econômico com o Reich e com os Territórios da Argentina, Chile, Paraguai e Uruguai nos setores de água mineral, argila, cana-de-açúcar, calcário, carvão mineral e vegetal, cavalos, construção (areia, brita), erva-mate, grandes pastagens, madeira, mandioca, milho, nafta, nó de pinho, ovinos, peixe, pinhão, pinheiro, rochas ornamentais, trigo, suínos, tabaco, terras férteis nos pampas e uva.

Além da importância estratégica da sua faixa litorânea de 610 km no Atlântico Sul, os portos de Rio Grande, Pelotas e Porto Alegre fazem conexão com estradas e ferrovias e com o potencial de quase 1000 km de hidrovias, podendo integrar também a Argentina, Paraguai, Santa Catarina e Uruguai.

O Território também é de importância estratégica econômica, política e militar na geopolítica do Reich na América do Sul e tem desempregados e ex-escravizados vagueado por aí para serem contratados para a agricultura e a indústria ou alistados nas forças armadas unificadas.

Um aspecto convidativo e agregador para a Rpública são as experiências de outros Territórios, como os mencionados da Argentina, Chile, Paraguai, Santa Catarina e Uruguai; os rio-grandenses, entre outras, oferecem o seu espírito de propósito, união e luta. Chimangos, Farrapos e Maragatos nunca foram alheios a uma boa peleia e a Revolta dos Muckers continua fresca na memória de muitos. A mão pesada do governo central já os tem aborrecido em diversas ocasiões, desde a Revolução Farroupilha e a Revolução Federalista, ao desvio da construção de uma república verdadeiramente federada a partir de 1889 e a brutalidade da Guerra do Paraguai; todos têm sido atentados intragáveis ao espírito democrático e de liberdade dos Pampas. E a percepção de que as coisas são passíveis de mudança continua presente: historicamente por pouco o Rio Grande do Sul não havia se transformado numa república independente e por pouco o Uruguai não havia permanecido como território brasileiro.

Isso é sinal de que o idealismo com capacidade militar pode dar rumo à História. O ideal de ter dias futuros nos moldes dos seus sonhos, pelo menos sendo mais independentes e mais ouvidos na federação, sempre perpassou a tradição rio-grandense. E as memórias dos últimos setenta anos continuam muito vivas na mente e no dia a dia das famílias, pois avós ainda compartilham com seus descendentes a memória histórica de lutas épicas. Portanto, desde os dias das Missões continua vivo nas veias sanguíneas rio-grandenses aquele desejo, manifesto ou silencioso, de dar um rumo melhor do que aquele forçado goela abaixo pela capital nacional até então. Não que a maioria dos rio-grandenses se sintam humilhados, mas com um certo ressentimento silencioso de que o seu potencial e ideal continuam aprisionados.

O desejo dos Maragatos e cidadãos silenciosos para um Brasil parlamentarista é um fator favorável para o Rio Grande do Sul aderir ao sistema parlamentarista da República; essa luva completa a outra luva do experimento parlamentarista do Chile, da conciliação e consciência social do Uruguai e do liberalismo genuíno da Argentina.

Santa Catarina

A experiência da República Juliana não tem sido tão forte quanto a de Farroupilhas e o estado não tem tido uma participação proeminente no Segundo Reinado e nem na infante República. Em termos de geografia e de população é um estado ainda em construção e a sua região noroeste tem algumas fronteiras por serem mais bem definidas com o Paraná.

Com grandes influxos de imigrantes vindos da Alemanha, Áustria e Suíça, é de se esperar uma resistência menor a uma arrumação política promovida pelo Reich. O idioma, a cultura, o jeito de fazer a comida, de trabalhar, se vestir, de pensar e até de rezar tem muita semelhança com a Alemanha e torna as andanças de agentes e soldados alemães despercebidas. E para o projeto da República isso pode facilitar o controle da fronteira a ser estabelecida com o Brasil no rio Iguaçu.

Para a parceria econômica com o Reich e com os cinco Territórios (Argentina, Chile, Iguaçu, Paraguai e Uruguay), Santa Catarina é dotada de recursos naturais como argilas para cerâmica, arroz, aveia, aves, banana, batata, bauxita, bovinos, calcário, carvão mineral, cebola, cerâmica, cevada, cristais, erva-mate, feijão, fluorita, frutos-do-mar, granitos, gnaisses, hulha, leite, linhito, louças, maçã, madeira, mandioca, mármore, mel, milho, pesca, quartzo, suínos, tabaco, tomate, turfa, trigo, uva. E tem potencial para se transformar num polo industrial têxtil e metal mecânico, bem como utilizar a capacidade portuária de Imbituba, Itajaí, Laguna, Navegantes, São Francisco do Sul para entradas e saídas do comércio exterior na costa Atlântica.

Com uma faixa litorânea de 561km, oferece a importância marítima pelos portos, em operação e em potencial, de Imbituba, Itajaí, Navegantes, São Franciso do Sul e potencial em Itapoá.

Assim como para o Rio Grande do Sul, a Alemanha exporta equipamentos, implementos e técnicas agrícolas avançadas que começam a ser utilizados intensivamente nas regiões de Santa Catarina; mas também envia carregamentos de armas e munições a partir de 1909, por coincidência, o ano que é dado início da construção e operação da estrada de ferro de Itajaí para o interior de Santa Catarina, pretendendo chegar até Dionísio Cerqueira e se ligar com a linha vinda de São Paulo e as do Rio Grande do Sul, da Argentina e do Uruguai. A estrada de ferro do porto de São Francisco do Sul para Porto

União já inicia as suas operações em 1906 e pretende se estender até Foz do Iguaçu.

O mesmo capital financeiro americano que está a financiar as ferrovias da Rússia czarista sonha em conectar o sul do continente americano, construindo uma ferrovia que integre o Brasil partindo de São Paulo até a Argentina e o Uruguai e quem sabe até ao Pacífico. Os serviços de espionagem do Kaiser têm todos os detalhes destas ambições, bem como das intrigas e fragilidades da política nacional e regional do Brasil, incluindo a situação delicada às margens sul dos rios Canoas, Chapecó, Iguaçu, Irani, Marombas e Uruguai e, principalmente, nas faixas de 15km para cada lado da ferrovia. Assim, parece apropriado e vantajoso aos agentes do Kaiser utilizarem o descontentamento na região contestada para arregimentar mercenários de guerra pagos para assegurar a separação do sul do Brasil a partir dos rios Iguaçu e Negro e da fronteira da Argentina, Chile e Paraguai com a Bolívia e o Peru. A logística terrestre depende muito daí e em sincronização com a *Kaiserliche Marine* assumindo todos os portos da república a ser unificada e o envio substancial das *Schutztruppe* para o interior para se juntarem ao novo exército unificado. Os comandantes do exército dos países e dos estados são mantidos, transferidos para outros Territórios para facilitar a unificação e a integração das forças armadas. Quanto mais aliados se conseguir, quanto mais adesistas e oportunistas se subornar e quanto menos opositores a enfrentar no dia da unificação, tanto menos sangue a correr pelo solo e tanto mais efetivo o plano e a execução da unificação.

A partir de Santa Catarina, o abastecimento clandestino de armas e munições vai também para o Paraguai e o norte da Argentina, que já estão praticamente no jogo. Outros desafios delicados se referem às disputas homéricas entre gigantes econômicos nacionais e estrangeiros, ambos com forte lobby sobre o governo federal e sobre o legislativo federal, para controlar setores estratégicos da economia do Brasil. O grupo brasileiro age astutamente para desbancar os americanos em cada oportunidade, rezando a ladainha do nacionalismo e do "Brasil para brasileiros". Por esse motivo, os dilemas do capital americano na região contestada por Santa Catarina vão entrar na jogada do grupo brasileiro e favorecer as ações dos alemães. É possível que o grupo brasileiro tenha informações bem mais precisas sobre o lado americano do que sobre o lado alemão, mas vai preferir que o seu oponente entre no fogo para se queimar, dando até uma preferência às intenções dos alemães.

A estratégia dos empreendedores brasileiros é uma só: desbancar os americanos agora e os alemães mais depois e controlar eles próprios a ferrovia que atravessa o estado de norte a sul entre os rio Iguaçu e Uruguai; sob essa influência o governo federal do Brasil não se apressa em enviar tropas e nem mesmo os governos do Paraná e de Santa Catarina. Aproveitando-se da brecha a Alemanha arma posseiros, desalojados de suas terras, pequenos proprietários e insatisfeitos com a desapropriação numa preparação de guerra de guerrilha para o dia da separação de Santa Catarina e do Rio Grande do Sul e suas unificações à República. A estratégia é assegurar as fronteiras até a chegada de mais destacamentos das *Schutztruppe* vindos dos portos de maneira que quando as forças brasileiras se aproximam da fronteira se deparam com o colosso do exército alemão a postos, quer seja bem-uniformizados e armados até os dentes *Schutztruppe* auxiliadas por mercenários na sua maioria catarinenses, mas com outros advindos dor Rio Grande do Sul, Paraguai e Argentina.

Uruguai

O Uruguai, com o seu amadurecimento político e social e posição geográfica estratégica indispensável pode ser um grande agregador na construção da República e comércio exterior como importador e exportador. É fraco na área de mineração, mas bom em finanças e oferece grande potencial comercial com o Reich e os Territórios de Argentina, Chile, Iguaçu e Paraguai em áreas que já é gigante como alimentação, arroz, aveia, batata, cana-de-açúcar, carnes, cevada, colza, couro, criação bovina, equestre e ovina, girassol, lã, laranja, leite e lácteos, milho, pelego, sorgo, trigo, uva.

Além da importância estratégica para o Mar da Prata e a sua tradicional abertura para o comércio internacional, o Uruguai oferece os portos, em operação e em potencial, de Fray Bentos, Juan Lacaze, M'Bopicuá, Montevideo, Nova Palmira, Paysandú e Punta Pereira e todos com potencial de ligação com as bacias dos rios Paraná e Paraguai.

A unidade nacional uruguaia está enfraquecida depois da revolta rural dos Blancos durante oito meses contra o presidente eleito em 1903. A estabilidade econômica e as reformas na sequência, levam à criação de um sistema de bem-estar social e verdadeira pluralidade política. Isso somado ao experimento parlamentarista do Chile, ao sentido de pertença dos paraguaios e ao espírito de federação dos gaúchos brasileiros dará condições de estabilidade política à República. A exponente participação do governo uruguaio em áreas da economia também pode ser copiada na república unificada, principalmente em setores estratégicos como estaleiros, portos, infraestrutura, educação e estoque de alimentos.

Com a unificação, guarnições militares alemãs pretendem ficar estacionadas em Punta del Diablo, La Paloma, Punta del

Este, Montevidéu e Colonia del Sacramento, Ilha Martin García. Os portos de Fray Bentos, Paysandu e Salto devem ser remodelados e é estratégico integrar Buenos Aires e as passagens estratégicas do Estreito de Magalhães e do Canal de Beagle. Assim, o comércio exterior com o Reich será bem produtivo e pode importar produtos acabados, equipamentos, maquinários, locomotivas, navios, caminhões, automóveis, tomar empréstimos financeiros, atrair investimento direto estrangeiro de diversos países e exportar alimentos, minerais e matérias-primas que podem alimentar a indústria e o poderio militar do Reich mais ainda. Dentro da probabilidade de um futuro conflito armado da Alemanha com outros poderes na Europa, esse suprimento de insumos é de extrema importância logística e a costa do Uruguai é de suma importância estratégica. Ao mesmo tempo, o Reich deve garantir a sua própria liberdade de trânsito pelo Atlântico, Canal da Mancha, mar do Norte e Báltico para o descarregamento nos portos alemães, caso o contrário faltará um elo em toda essa corrente. Geopolítica exige estratégia, mas se falta logística fica difícil atingir os objetivos. E é bem aí que o Reino Unido vai inutilizar a força naval alemã na Primeira Guerra Mundial.

BACIA PLATINA

Gotas do Paranaíba
no Brasil serra acima
de nascentes e sangas pequenas
correntezas do Paranapanema

grande Tiete sem parar
deságua no Paraná
que ao Iguaçu logo após
se tornam único em Foz

gotas alagadiças do Pantanal
às do Paraguai em lamaçal
com o Pilcomayo em Assunção
do Chaco para a navegação

encontram o Bermejo em Resiliência
em fluxo para Resistência
profundidade e ondas ligeiras
inundações nas beiras

Paraná e Paraguai, gigantes fluidos
em Resistência e Corrientes unidos
Grã Paraná com o andino Salado
em Santa Fé enlameados

descem Rosário e daí em pares
com o Uruguai em Buenos Aires
como grande cobra barrenta
formam a Bacia Argenta

Canoas, Pelotas e Ibicuí
correm por terras guaranis
formam o grande Uruguai
que ao Negro se junta mais

encontram o Paraná no Prata
para o Atlântico, a Terra hidrata
grandes águas, reflexo do céu
de Buenos Aires a Montevideo

MELODIAS DO RIO URUGUAI

Artérias em férteis terras
em vales, banhados e serras
chalana lenta e margem longa
sapucai, paiada e milonga

murga, cumbia e malambo
chamamé, candombe e tango
guarania e águas barrentas
erva-mate e lamas grudentas

churrasco, boleado e vaneirão
boleadeira, harpa, gaita e chimarrão
guitarrón, laço, bombacha e frio
bandoneon, cupincha e bugio

gauderio, poncho e carneiro
rancheira, guaicuru e boi ligeiro
entrevero, chimarrita e xote
caudilho, bagual, xucro em pinote

açoiteira, galpão, pericón e vento
ginete, arreio, chinoca e lenço
paisíto de rio que devagar avança
Uruguai em melodia e dança

II

Preparativos, segredos e estratégias

Há um grande exercício de logística, com todos os segredos de uma grande operação de guerra. O objetivo é abastecer armas e munições e treinar mercenários para assegurar as fronteiras entre o rio Iguaçu e o Brasil e entre a Argentina, Chile e Paraguai com a Bolívia e o Peru na ação sincronizada da administração dos portos do Atlântico e do Pacífico pela marinha alemã. Agentes das *Schutztruppe* alemãs atuam com rebeldes e mercenárias nos territórios contestados de Santa Catarina, enquanto aguardam o desembarque nos portos e a chegada de mais destacamentos terrestres a partir do dia 16 de dezembro de 1910. As rotas de abastecimento são feitas a partir dos portos de São Francisco do Sul, Itajaí, Imbituba, Laguna, Rio Grande, margens do rio da Prata, do rio Uruguai e de Iquique ao norte do Chile para as entranhas do bico da América do Sul.

Arno

Arno (águia em alemão) é o principal agente do Kaiser para a instalação da República e Jaci (lua em guarani) é a sua amante paraguaia e filha de um general muito carismático e influente entre as elites no Paraguai, de descendência Guarani e peça-chave nas operações dos mercenários locais e agentes alemães. O vestido de Jaci rodopia nas festas e eventos noturnos de entretenimento da turma graúda da trama em Assunção.

Arno é o faz-tudo do plano de unificação e o maior responsável pela logística para a construção da República e bem afinado com a geopolítica do Reich; não há escassez de recursos para operações militares clandestinas e subornos para a manutenção de aliados e do silêncio de potenciais delatores até o dia da unificação.

Ele até se parece uma espécie de deus indiano com diversos braços; fumante de cachimbo e apreciador "del tabaco torcido del Paraguai", o fumo de corda, é difícil imaginar que sendo formado pela Universidade de Berlim e um excelente clarinetista, Arno iria se adaptar tão bem entre jararacas, jacarés, mosquitos, morcegos, carrapatos, mutucas e gente falsa, oportunistas e conspiradores. Adora o som da harpa paraguaia e acha o idioma guarani de uma melodia encantadora. Admirador das guaranis de cabelos longos e sorriso inocente, mas é fiel à Jaci e um verdadeiro cavalheiro muito respeitoso e, ao mesmo tempo, um *bon vivant* nas horas de folga, quando as têm, tamanho é o seu sentido de missão. A mistura épica da harpa, bandoneon, flauta pan inca, metralhadora e de ventos abertos dos Pampas, dos ventos gelados dos Andes e o frescor das águas leves e quebradiças em banhos de rios e riachos da América do Sul dá inconscientemente a Arno uma verdadeira sensação de Alexandre, o grande, algo que nem mesmo o Kaiser imagina para si.

Advindo de um ambiente urbano e de boa educação humboldtiana e da rigidez militar prussiana, seria improvável que esse missioneiro do Kaiser agora utilize a mistura de bruxaria, curandeirismo, feitiçaria, messianismo em favor de um dos mais bem elaborados projetos geopolíticos amparado no que há de mais avançado na engenharia naval, na engenharia mecânica e na química e tática militar já visto na Terra até então. Talvez seja por isso que a sua missão tenha um certo sabor de misticismo e que se sinta atraído pelas paisagens da Argentina e do Rio Grande do Sul e pelo cheiro de messianismo que paira no ar no interior de Santa Catarina.

Martin Fierro e *San Martin* agora encontram *Isen Arno* no dedilhado do payador que precisaria de mil noites para cantar os seus feitos na logística da unificação da República do Kaiser. Os trovadores e repentistas em volta do fogo nas noites, nos acampamentos de mercenários na matas, fazem versos bajuladores para Arno, que sorri e sem jamais se embriagar.

Fridolin

Os treinos dos recrutas mercenários para assegurar as fronteiras até a chegada de reforço das *Schutztruppe* após a unificação, estão sob a responsabilidade de *Fridolin* (*governante da paz* em alemão). Muito carismático, valoriza a todos igualmente, atribuindo a cada um o devido grau de importância nessa missão, que para ele tem um cunho idealista especial; como Arno também é bom prussiano vindo de tradição militar na família e seu pai havia lutado na guerra franco-prussiana. Um experiente soldado alemão, ele serviu às tropas imperiais em Tanganica, na África Oriental por 8 anos, sob o comando de Paul Emil von Lettow-Vorbek, o *leão da África*. Além do conhecimento das savanas, dos rios e dos lagos Kivu e Tanganica, aprendeu por lá a importância da parceria com a população local para o controle militar e político de uma região; também conhece muito bem as estratégias de disfarce para aluir os interesses do inimigo e ocultar informação a curiosos inconvenientes.

Fridolin apresenta uma resiliência absurda ante situações e ambientes adversos e desconfortáveis e nada lhe incomoda. Se orgulha de ter sido picado por uma jararaca e logo após ter tido o seu sangue sugado na perna por um pajé. Dizem que pode dormir sobre uma pedra, sobre uma tora de pinheiro ou mesmo sobre uma jiboia que nada o aborrece. Seu sentido de dever e de missão ligado ao carisma humano o torna o fardado do Kaiser mais animado e admirado com a construção da República. Ele próprio diz que quando tudo estiver assegurado quer "casar-se com uma guarani bem amorosa e ter sete filhinhos" e no fim das tardes, ao balançar-se à rede e tomar uma pinguinha, enquanto olha os seus filhinhos brincando embaixo do pé de manga e de abacate. Nos acampamentos dos mercenários nada lhe atrai mais à mesa do que um pinhão cozido na panela de ferro sob o fogo e segurada com três galhos fincados ao chão; outra preferência é o charque seco que corta cerimoniosamente com o seu afiadíssimo canivete austríaco, presente de seu avô no dia em que fez o alistamento militar na Alemanha e que teria vindo das terras da Bohemia no início do século 19. Sério e comprometido quase demais por um lado, mas "estranho" por outro, gosta de nadar pelado nos riachos e de dormir pelado, mas nunca apresenta importunação ou falta de respeito com ninguém. Nos cochichos entre os mercenários é conhecido como *Nackte Asch*, bunda pelada.

Fridolin tem a confiança absoluta de Arno e nunca anda com dinheiro no bolso, nem sequer aceita estar na folha de pagamento desta missão. Para os caboclos nativos que não sabem o que ele faz, é mais um desses alemães engraçados que imigraram e estão encantados com o mundo silvestre dos pinheirais de Santa Catarina e do Rio Grande do Sul e com a cerração nas manhãs. Ele gosta de dar umas passeadas a cavalo por aí e ninguém desconfia quem ele é de fato. A única coisa da qual às vezes se ouve Friedolin reclamar é da perda do seu violino que, apesar de estar bem amarrado ao lombo da mula em que ele montava na expedição, desprendeu-se e caiu perau abaixo quando subiam os caminhos estreitos e tortuosos da Serra do Corvo Branco.

A questão do contestado é um prato cheio para as incursões do Reich. Tudo está à flor da pele e não fora o oportunismo alemão, uma verdadeira guerra poderia ter ocorrido não muito tempo depois da unificação entre facções de proprietários, posseiros, messiânicos, polícia militar do Paraná e de Santa Catarina, que teriam agido em sincronização com as forças armadas federais do Brasil.

Arno e Fridolin têm se informado bem dos eventos de Canudos e lido os relatos de Euclides da Cunha que, com seus conhecimento de engenharia militar, geografia e matemática, vai dar algumas ideias aos estrategistas da construção da República. Também é do conhecimento deles a Revolta dos Muckers, bem como da Rebelião dos Boxers na China e das táticas de guerra dos colonos Boers na África do Sul, ocorridas a poucos anos atrás. Todas as boas táticas de guerra e de sobrevivência conhecidas são repassadas aos mercenários para a sobrevivência em caso de emboscadas e batalhas mais robustas no controle das fronteiras.

Treino de mercenários em terras contestadas

Messianismo, rebelião e imperialismo se misturam no noroeste de Santa Catarina e nas margens sul do rio Iguaçu e nas margens norte do rio Uruguai. Arno, Friedolin e agentes alemães canalizam a tensão da disputa territorial entre Paraná e Santa Catarina e invocam o espírito maragato e farroupilha para a missão que está por vir. Angelim, um ex-maragato, é exímio no recrutamento de mercenários, posseiros, ex-presidiários reciclados para a causa; até mesmo bandidos já bem treinados no gatilho, aguardam ansiosos na expectativa do dia de estourar os miolos ou talhar com o facão a cabeça de policiais e soldados serviçais de gente graúda que só pensa em dinheiro, manipula a política e sequer vive nas terras contestadas e nem permanece no Brasil, mas em vidas avarentas e luxuosas, esnobando conquistas boêmias e subornando governantes e deputados. Quanto mais tempo se dá para acumularem riqueza e se digladiarem com outros monopolistas em aço, borracha, café, energia elétrica, ferro, ferrovia, iluminação pública, madeira, petróleo, portos e terras, tanto mais caro custarão os caixões e mais baratas as suas vidas e as dos seus serviçais armados e uniformizados do setor público.

Ao invés de uma guerra entre pelados e peludos, se trata da implantação de um ideal e é preciso bom treino em técnicas para enfrentar milícias armadas e bem pagas por coronéis e fazendeiros para lutar em campo aberto, emboscadas, banhados, matas e morros cheios de pedras que conhecem muito bem; exímios em camuflagem e emboscadas, não se pode prever de onde veem os milicianos, de onde aparecem e quantos são. Essas milícias e jagunços não lutam por ideal, mas por dinheiro e por coação de alguns coronéis e fazendeiros que também não têm ideal, sequer pátria, mas o puro interesse imediato de suas posses e de seu dinheiro; milicianos e coronéis não estão nem aí com a República brasileira e nem lhes interessa os comerciantes, delegados de polícia, escrivão, exército, fé católica, fé espírita, juiz de paz, maçons, padre, pastor e polícia militar a quem só se aliam por interesse próprio. Eles próprios são bandidos com registro de posse de terras que, tiradas das mãos dos primeiros povos, não lhes custaram nada. A cruz que estampam hipocritamente no peito, nas paredes de suas casas e na porteira de suas fazendas nem chega a ser a cruz das Missões, mas aquela mesma dos Bizantinos, das Cruzadas e da Conquista das Américas. Hão de encontrar Bentham, Bismarck, Brentano, Chydenius, d'Alambert, Condorcet, Darwin, Diderot, Feuerbach, Gordon, Green, Harnack, Hegel, Humboldt, Hume, Kant, Leibniz, Jefferson, Locke, Lord Acton, Lutero, Montesquieu, Newton, Paine, Price, Priestley, Quesnays, Ricardo, Rousseau, Russell, Schiller, Schopenhauer, Smith, Spinoza, Stuart Mill, Tocqueville, Trenchard, Turgot, Voltaire, Weber e von Schlözer e até Marx e Engels representados nos uniformes e capacetes das *Schutztruppe* e cumprirem o ditado de que "o único favor que alguns fazem para a humanidade é no dia em que morrem, pois enquanto vivem só incomodam." Essa é a surpresa reservada para aqueles poucos fazendeiros e coronéis putanheiros, pedófilos e adúlteros que abusam das esposas e filhas de seus empregados e praticam bestialidade no clarão da lua entre os pinheiros de suas pastagens e nas madrugadas em estábulos de suas fazendas.

Um eventual e surpreendente encontro de tropas federais brasileiras e da polícia militar do Paraná com guarnições das *Schutztruppe* estacionados nas margens sul do rio Iguaçu e apoiada por mercenários bem armados, apesar de dramático e assustador por ocorrer aos olhos das autoridades locais e da capital federal, possivelmente poderá ter poupado mais de 8 mil vidas num outro possível confronto sangrento anos mais tarde nas terras contestadas, que teria sido uma verdadeira guerra entre pelados e peludos.

Descamisados por uma causa

O Reich entende que aquilo que se acusa ser messianismo, curandeirismo e bruxaria não existe; somente que em terras desoladas, às vezes é preciso "recorrer ao Alto" nos momentos de desamparo, como ocorre com o andante em êxodo no Brasil, o ex-escravizado, o semi-escravizado, o novo escravizado ou o migrante internacional e sem oportunidades que veio buscar refúgio de outras bandas brutas dentro do Brasil e da Europa e agora sem apoio de ninguém e envolto com gente com olhares desconfiados e de suspeita.

Há mercenários cheirando a palheiro, sovaco e cachaça, que parecem convictos e felizes de que nasceram para matar; e com bigode do tamanho de uma canga de bois e olhos de fogo, se parecem com o próprio diabo. Mesmo assim, pensando que são de Deus, ainda carregam uma cruz de taquarinha ou de madeira atadas num cipó fino de fazer balaios, aquele cipó da flor de São João e penduradas contra seus peitos cabeludos e camisas abertas. Assim, na pretensão de enganar a Deus, até se assemelham ao fazendeiro e ao coronel contra quem lutam e que também penduram a cruz no peito, só que feita de melhor material e em correntinha de ouro.

O tribalismo econômico entre monopolistas brasileiros e entre esses e estrangeiros e a fraca presença de autoridades públicas, da pouca ordem, da escassez de empregos e de renda para alimentos e condições mínimas de sobrevivência pelas famílias, o quase impossível acesso à terra para cultivar apresenta campo fértil para a infiltração alemã nessa regiões. Enquanto messianistas dão cunho religioso a um possível litígio armado, muitos dos insatisfeitos são aglomerados como mercenários e assim garantem um soldo para os alimentos e a provisão básica para as suas famílias e por isso mantêm a fidelidade à "causa", embora nem saibam muito bem que causa é essa. Nem chega a ser uma questão de adesão, mas de se manter ocupado com alguma coisa que vá render qualquer coisa. Há também a promessa da posse de terra para a agricultura familiar, uma vez que a fronteira da República for assegurada. Em lugar nenhum da Terra a ideologia recebe atenção quando há comida na mesa. Na verdade, esse é um cenário com potencial de 8 mil mortes num conflito que se parece inevitável entre a população insatisfeita e as forças federais, da polícia militar do Paraná e com milicianos armados a serviço de alguns coronéis e fazendeiros.

Mesmo com a decisão do Supremo Tribunal Federal, em 1900, em favor de Santa Catarina, permanece a ideia de que a fronteira com o Paraná pode ser no rio Iguaçu. E muitas gente, à procura de terra boa, se dispõe a tudo até às armas.

Angelim

Um ex-maragato de Canoinhas, apelidado de Angelim para rimar com Fridolin, é contratado para assistir diretamente a Arno e a Fridolin para alistar as tropas mercenárias formadas, na sua maioria, por desempregados e sem-terra da região.

Como a população masculina no Paraguai ainda não tem se recuperado do genocídio da Guerra Guaçu contra eles pela

Tríplice Aliança, recruta-se colaboradores para a unificação que estão desempregados ou recém-dispensados do serviço militar na Argentina, Chile e Uruguai. Esses vão guardar as fronteiras com o Peru, a Bolívia e o Brasil. Aqueles recrutados no Rio Grande do Sul se juntam aos catarinenses para guardar o rio Iguaçu.

Os poucos mercenários que se mostram não confiáveis e representam perigo de vazar informação sobre os preparativos para a unificação da República do Kaiser não são punidos, mas convidados agradavelmente para uma viagem à Alemanha onde trabalham em fábricas e ferrovias.

O mais crucial e o mais incerto é assegurar as fronteiras com o Brasil, caso esse não aceite a anexação do Rio Grande do Sul e de Santa Catarina e tenha apoio dos EUA, França e Inglaterra. A Bolívia também é crucial, pois incursões militares por meio dos seus território, assim como do Peru e do Brasil, podem perturbar os esforços da unificação. Assim, são estabelecidas inúmeras guarnições militares, em breve com fábrica de armas e munições nos territórios da própria República, uma vez garantido o acesso ao guano chileno e ao nitrato e a síntese do amoníaco que está em curso acelerada nos laboratórios da Alemanha. Está nos planos e de forma acelerada a organização de uma força área, principalmente para viagens de reconhecimento, fotografia e informação da ambientação militar ao norte da República. Balões para aglomerar informações também já foram trazidos e estão bem escondidos e vigiados. Aos brasileiros assustados só lhes poderá confortar a chacota sobre os capacetes das *Schutztruppe*: "chapéu do Fritz para furar balão".

Caso haja engajamento das polícias militares e tropas do exército brasileiro, os rebeldes pretendem interromper os planos da ferrovia Itararé-Uruguai, principalmente a construção da ponte em Marcelino Ramos; ao mesmo tempo, uma empresa privada alemã está acelerando a construção da ferrovia Itajaí-Herval do Oeste para depois conectá-la com as ferrovias do Rio Grande do Sul e da Argentina para garantir o fornecimento de armas pesadas a partir do dia da unificação e a futura logística comercial e de transporte de maquinários e equipamentos para a indústria e a agricultura, bem como para as exportações.

Angelim também firma parcerias com alguns fazendeiros de pequeno e médio porte que vendem mantimentos para essas tropas mercenárias. Com fontes financeiras vindas da própria Alemanha, esses suprimentos rendem aos produtores de alimentos um ganho muito acima do mercado e assim eles mantêm inclusive o silêncio sobre o pouco que sabem. Para esses uma guerra está por vir de qualquer jeito, e não importa de que lado venha e nem por que motivo; como as entregas são pagas à vista, aproveita-se a oportunidade para se fazer um bom dinheiro enquanto há tempo e manter o silêncio pelo que se sabe, pois, sabe-se lá, se ainda as suas próprias terras não lhes serão tomadas no entreveiro ou no armistício. Em terras e tempos em que ninguém confia em ninguém, não se confia nem na sombra e até mesmo se apaga a lamparina para a própria sombra não perguntar nada; em disputa de carniça entre urubus e o cachorro, o tatu vai comer por último e só no escuro da noite ou só lhe sobra mesmo o que foi enterrado. Então é preciso ficar esperto e de espreita.

Boatos de ouro e dinheiro enterrados

Ante a tanta insegurança social, há rumores aos montes sobre dinheiro enterrado nos solos de Santa Catarina. Com sistema bancário praticamente inexistente, se diz por aí que muitas pessoas estão enterrando o seu dinheiro e até ouro para o caso de uma guerra na região. Nas redondezas de Taquaruçu alguém espalha o boato de que alemães ricos, mas que sabem tratar bem os seus empregados, estão chegando para comprar as terras dos fazendeiros truculentos e medievais aliados da polícia militar. Há gente contando por aí que inclusive os alemães já têm enviado ouro que se encontra enterrado em meio a florestas de pinheirais e taquarais. Esse é o maior assunto na venda, no boteco, na cancha de bocha, no jogo de baralho e na igreja e sinaliza que há algum barulho por aí envolvendo alemães.

Alguém afirma que o lugar preferido é perto das igrejinhas Luteranas em áreas rurais, talvez até em alguma tumba no cemitério. Um grupo de tropeiros, ao montarem acampamento, tem um cavalo que se embrenha pelos pinheirais e, ao procurarem-no, encontram terra fresca cobrindo algo enterrado e cavam com o coração acelerado na esperança de encontrar esse ouro; só encontram três cadáveres degolados, possivelmente de mercenários que deram com a língua nos dentes sobre as aspirações do Kaiser e que para não dar quaisquer indícios do que faziam, estão enterrados nus.

A partir dessa data, Fridolin e Angelim decidem que é melhor queimar os corpos de alguém fofoqueiro que foi delatado e sacrificado, pois se corpos de pessoas desconhecidas da região são encontrados, isso, pode levantar qualquer curiosidade por parte da população e das autoridades.

Em outros casos relatados, os cavadores por ouro também só encontram cadáveres em lugares de difícil acesso embrenhados em matas: aqui uma mulher morta pelo marido por infidelidade, lá um devedor de dinheiro que não se apressava em pagar o seu compadre, noutro caso uma pessoa morta possivelmente por sua opção sexual.

Uns poucos agentes do governo federal infiltrados nas regiões na busca de informações para "algo que está no ar" desaparecem misteriosamente um após o outro, e até se especula que são degolados pelos mercenários e jogados para os porcos comerem ou jogados num rio com uma pedra no pescoço; assim nunca chega às mãos do governo federal e do Paraná um relatório completo sobre o que está acontecendo por baixo dos panos e em frente do nariz da polícia e dos delegados de polícia nesta região. Muitos desses agentes quando descobertos por mercenários são seduzidos em casas de meretrício e lá dentro alguém dá o jeito neles, geralmente umas punhaladas pelas costas na hora do sexo ou após terem se embriagado "sem pagar nada"; como em outras ocasiões, por vezes quem paga o trago, apaga a vida.

Alguns "coronéis" da região, mais sabedores dos movimentos e desconfiados com tudo, são subornados para manter o seu silêncio; alguns até "sofrem quedas fatais" de seus cavalos ou são "assassinados por bandidos" como logo se divulga falsamente. Um monge ascético e pregador também desaparece em 1908 e seus seguidores aguardam a sua ressurreição ou o aparecimento de um substituto para os guiar.

Nunca há interferência por parte dos conspiradores alemães sobre as interpretações religiosas propagadas por messianistas, uma vez que isso serve de cola social para aglutinar multidões e despistar razões por tanta movimentação de gentarada nas redondezas; a inocência útil dos monges e líderes espirituais até é regada de certo apoio financeiro por vias muito indiretas como construção de tendas e igrejinhas pelos agentes alemães e seus comparsas da região; nada de dizer que esses líderes religiosos sejam corruptos, somente que ingenuamente e desinformados pensam que são doações espontâneas e generosas de gente de fé que o segue e aceitam tudo com genuína gratidão e bençãos. Os redutos comunitários evocam as missões jesuítas e não falta dinheiro para a construção das estruturas comunitárias. A rebelião do monge contra a república brasileira e a vontade de um governo independente ainda nos sonhos de muitos no sul é tudo o que o Reich precisa para unificar a República e assegurar as suas fronteiras.

Abastecimento de armas e munições

Carregadas pela marinha imperial alemã até a costa Atlântica e a costa Pacífica, as armas, dinamite, granadas, munições e peças de reposição são infiltradas terra adentro clandestinamente e de maneira extremamente silenciosa e inteligente. Em mais quantidades estão as pistolas C1896, Dreyse Model 1907, Hebel Leuchtpistole, Luger P08, semiautomática Mauser C96, Model 1894, Schwarzlose 1908; os revólveres M1879 Reichrevolver e Mauser C78; as metralhadoras MG08 Maschinengewehr, Maxim M1910, PM M1910 e metralhadores leves Madsen da Dinamarca; os rifles Mauser Model 1871, Mauser Model 1889, Bolt-action Gewehr 98 e Modragón.

Para as guarnições das fronteiras depois da unificação, já com ferrovias estendidas e integradas, são providenciadas armas pesadas como os canhões FK96 de 7.7 cm, Kanone C/73 de 8 cm, Kanone C/73 de 9 cm, Kanone C/80 de 8 cm, Kanone 04 de 10 cm; Flak antiaéreo 18/36/37/41 de 8.8 cm; Feldhaubitze 98/09 de 10.5 cm. Mais tarde chegam balões e aviões para observação e reconhecimento.

Aparados, atalhos, banhados, brisa, cachoeiras, calor, campos, cânions, cascatas, chaco, chuvas, chuviscos, colinas, cordilheiras, descidas, desertos, escarpas, estradas de chão, florestas, frio, geleiras, grutas, lua, matas, montanhas, morros, neblinas, pampas, pastos, peraus, picos, pinheirais, praias, rios, riachos, serração, serras, sol, subidas, trilhas estão todos abertos para as cenas que hão de vir e dar um curso histórico diferente daquilo registrado nos livros de história e na memória da população; tudo está a caminho pelas intrigas entre empreendedores gigantes nacionais e internacionais, entre os que têm e os que não têm. E quando tudo isso resulta em conflito armado, são os pobres da Terra que servem como buchas de canhão lutando uns contra outros, os peludos uniformizados pelo setor público e os pelados e pés descalços. Possivelmente, nada será menos violento do que poderia ser, mas espera-se que a instalação da República, que se parece certa de ocorrer, evite a matança de mais de 8000 pessoas na região contestada e pelo menos traga mais prosperidade e menos brutalidade do que têm sido por essas terras desde 1500 até agora. A apreensão do que está por vir causa um calafrio como o próprio sangue de San Gennaro congelado nas veias de todos os que estão por pegar em armas. E como já afirmaram muitos soldados russos em campanhas militares, que chegaram a tirar as vísceras do cavalo morto no frio extremo para se enfiarem dentro da barriga ainda quente: "a gente espera pelo melhor, mas está preparado para o pior."

Estratégia e logística

Na guerra, é indispensável ter estratégia, mas essa tem que ser necessariamente completada pela logística; e nisso tudo é preciso ter muita inteligência, cautela, disfarce, camuflagem e dissimulação. O abastecimento de armas, munições, alimentos e provisões e treino efetivo são determinantes para atingir os objetivos da unificação. É preciso também ter planos contingentes e outras opções quando a trajetória e o cenário mudam, forçados pela oposição ou por circunstâncias fora do próprio controle. Além de assegurar os objetivos estratégicos, é preciso ter uma lista de objetivos intermediários que possam ser negociados com o oponente numa situação não escolhida de refém, para se voltar a situação de controle e evitar cair vítima, como bem ensina a teoria dos jogos aplicada.

Uma meia dúzia de oficiais alemães especializados estão na folha de pagamento da "causa" para acompanhar o descarregamento dos navios. O conhecimento minucioso da geografia regional passa a ser a tarefa mais confiável a atribuir aos informantes, mercenários e aliados nessas regiões. Há muita gente esperta para ser contratada como espiã e há uma galáxia de jovens e homens desocupados para serem contratados e treinados clandestinamente num verdadeiro exército de mercenários.

Para não levantar qualquer suspeita comprometedora, as caravanas transportam cargas de armas e munições por caminhos diferentes e com um espaçamento de quatro meses em cada uma das rotas terrestres. Desde junho de 1909 até setembro de 1910 são feitas quatro cargas em cada uma das rotas que partem de São Francisco do Sul, Itajaí, Imbituba, Laguna, Rio Grande, rio Uruguai e Iquique.

A marinha imperial alemã utiliza o mais avançado grau de desenvolvimento tecnológico e científico, mas o abastecimento de armas e munições tem que passar pelas trilhas de escarpas íngremes, bem como num tempo muito distante daquele da segunda revolução industrial que está construindo o Império Alemão. O uniforme bem alinhado dos marinheiros e almirantes e o cheiro da tinta no convés e do óleo diesel nas máquinas dos navios de guerra, fazem parte do esforço de unificação na mesma proporção do cheiro de pó nas estradas e de folhas podres nas matas e da lama das chuvas; um contraste entre uma Alemanha urbana e moderna e os acampamentos próximos de banhados nas rotas de abastecimento quase primitivos para as tropas e mercenários por terra, passo a passo em trilhas estreitas e cheias de pedras soltas, com buracos e cruzamento de riachos e rios e em cenários de pampas, cânions, matas, pastagens, pinheirais e realidades sociais e culturais que parecem ter ficado perdidas num tempo muito distante da estrutura racional do Reich.

No caminhar cansado dos soldados e animais de carga por terras vazias, de ventos cortantes e outras vezes de sol escaldante, em subidas de serras que vão de cinco a quinhentos metros acima do nível do mar em menos de 50 km, por vezes parece que a empreitada é quase impossível e a força da vontade tem que dar forças ao corpo para querer continuar. Em certas madrugadas sem sono, alguns até chegam a pensar que a morte vale mais do que o soldo pago para essa empreitada.

Mulas e burros mansos, fiéis e resignados e iludidos por uma boa comida, um punhadinho de sal, água e carinhosos penteados de seus pelos, são os preferidos para o carregamento nas Cordilheiras dos Andes, nas serras do Corvo Branco, do Rio do Rastro, da Rocinha e da estrada Dona Francisca;

utilizam-se bruacas, carroças, carretões, charretes, carros de boi e até zorra sem rodas construídas com tronco de árvores com dois galhos bifurcados. No Paraguai a preferência é pelo boi, mais manso e de mais fácil compra de pequenos agricultores. As enormes carroças para serem puxadas por quatro juntas de bois, como as que estão atravessando o deserto da Namíbia a partir de Swakopmund, também estão sendo construídas e utilizadas no Paraguai e norte do Chile e da Argentina para abastecer as guarnições das fronteiras com a Bolívia. Não precisam ter rodas tão largas quanto aquelas na Namíbia que têm que passar por cima de pedras e da areia do deserto; no Paraguai são mais leves, mas também bem mais altas, pois contam com uma cobertura devido ao sol e as chuvas.

Nas rotas que partem no sentido horário no mapa de São Francisco do Sul, Itajaí, Imbituba, Laguna, Rio Grande, rio Uruguai e Iquique há depósitos de armas e munições em lugares geográficos, bem estratégicos, escondidos e vigiados pesadamente para o dia da unificação e chegada das *Schutztruppe*.

Rota São Francisco do Sul-rio Cubatão-rio Negro

Parte das munições e armas leves trazidas pela marinha imperial alemã, desembarca no porto de São Francisco do Sul e sobe por estradas de chão às beiras do rio Cubatão do Norte e por riachos até Pirabeiraba e daí continuam pelo rio Cubatão do Norte e por trilhas em suas margens até Quiriri e cruzam o rio à altura da Cachoeira do Cubatão e pegam a estrada Dona Francisca para chegar a Campo Alegre. Mais adiante descem pelas margens do Rio Negro e já começam a abastecer as guarnições de Bateia de Baixo, Fragosos, Rio

Negrinho, Mafra, Vera Cruz e Bugre. Em Três Barras, utilizam a gruta Santa Emídia para estoque de armas e munições; também abastecem Santa Leocádia, Irineópolis, Poço Preto, Porto União, Porto Vitória, Volta, Morro Verde, Saudade do Iguaçu, Cruzeiro do Iguaçu, Capanema e Puerto Yacuy.

Em terra plana, o transporte é feito com carroças e carretões puxados com cavalos, mulas e nas subidas íngremes são carregadas por carros de bois e sobre os ombros de mulas; canoas também são utilizadas nos rios e riachos e o caminho é vagaroso nas trilhas e estradas de chão com muitas subidas e curvas. Por vezes, é preciso aguardar por dias que não chovem para se aventurar pelas trilhas estreitas nas áreas rurais e às margens dos rios e riachos. Tropas e mercenários clandestinos também acampam no Pico do Quiriri, Pedra da Tartaruga e nas proximidades do Rio São João e do rio Saí Guaçu.

Depois da unificação também são necessárias guarnições militares estratégicas para guardar as fronteiras em Nova Prata do Iguaçu, Chopinzinho, Taunay, Campo Alegre, Pirabeiraba, Joinville e São Francisco do Sul.

A ferrovia São Francisco, já entra em operação até Porto União em 1910 e pretende se estender com pouco mais de 500 km até Foz do Iguaçu; será completada após a unificação e poderá carregar armas pesadas para facilitar o controle das fronteiras da República com o Brasil. Também será muito significativa para o progresso econômico, fazendo transporte de produção agrícola, pecuária e extrativista de Santa Catarina, Paraguai e norte da Argentina e de importação de maquinários, equipamentos e produtos industrializados.

Rota Itajaí-Caraguatá e Taquaruçu

A ferrovia Itajaí-Herval do Oeste é iniciada em 1909 por uma empresa privada alemã, chegando até Lages em meados de 1910, para se integrar com a linha Itararé-Uruguai e com as linhas do Rio Grande do Sul e mais tarde até Buenos Aires. Parte das armas mais pesadas, como as metralhadoras MG 08 (Maschinengewehr), as metralhadoras leves Madsen da Dinamarca, os rifles Mauser Model 1871 e Maudse Model 1889, são transportadas de trem a partir do porto de Itajaí em enormes caixas disfarçadas com registro de cargas de têxteis, arados e implementos agrícolas, peças para carroças, máquinas de marcenaria, instrumentos e maquinários industriais e próprios trilhos de trem. Nas laterais dessa caixa estão esses itens, mas por dentro há equipamento militar e munição. Motos são descarregadas em Buenos Aires e daí sobem pelos rios Paraguai, Paraná e Uruguai.

Na estratégia da unificação, as armas leves serão utilizadas nos focos de tensão no interior, se necessário, em guerra de guerrilha contra as polícias militares e o exército do Brasil; contudo devem ser acompanhadas de alguns canhões, principalmente contra a cavalaria. Enquanto isso, as fronteiras devem ser reforçadas com impressionante capacidade de armas pesadas e quase um exagero de armas leves como estratégia e logística de efetividade, mas também de intimidação e de dissuasão.

O Morro do Funil é um vulcão extinto com 1262 m de altura, próximo de Mirim Doce, Taió, Ponte Alta, Pouso Redondo, São Cristóvão do Sul. Fica próximo às estações ferroviárias de Rio do Sul e de Trombudo Central e de locais isolados de possível parada para descarregamento de cargas sob o devido e generoso suborno ao maquinista.

Como é avistado à distância, o Morro do Funil é uma referência para o encontro entre as cargas vindas de trem, principalmente de metralhadoras e canhões, com as cargas vindas do Corvo Branco e do Rio do Rastro. Há uma boa estrutura de barracões pesadamente guardados pelos mercenários e destacamento das *Schutztruppe* armados até os dentes. Ali nem o grilo canta de noite e nem o quero-quero grita de dia para não dar qualquer sinal de gente ocupada com coisas misteriosas.

A logística de distribuição é feita no lado do Morro Funil em que o Sol se põe e a partir dessa referência as cargas seguem para os acampamentos mais próximos em Caraguatá, Correia Pinto, Otacílio Costa, Ponte Alta do Norte, Santa Cecilia, Tacuaruçú. Pacotes de cargas para cada acampamento específico seguem também para os pontos estratégicos mais distantes que demandam ainda uma boa caminhada: Caçador, Campo do Areão, Canoinhas, Irani, Mafra, Palmas, Porto União, Três Barras, onde as cargas se juntam àquelas vindas do porto de São Francisco do Sul por trem e pelo rio Cubatão Norte e pela estrada Dona Francisca.

Rota Imbituba-Corvo Branco

O ainda modesto porto de Imbituba, sob o controle de capital privado brasileiro, mas com donos ausentes e distraídos com boemia e mediante autoridades locais despreparadas e dorminhocas para a segurança nacional, é o local ideal para o descarregamento de armas e munições e o transporte para o noroeste de Santa Catarina, para o leste da Argentina, para as bacias do rio Paraná e do rio Uruguai e para o Paraguai. As cargas saem de Imbituba e passam por Imaruí, Aratingaúba,

São Martinho, Guabiroba e daí sobem pelas margens esquerdas do rio Braço do Norte e mais acima seguem as estradas de chão e atalhos até Grão Pará e Ilha Grande e então pela rota do corvo até Aiurê para então fazer a vagarosa e perigosa passagem ao lombo de mulas pelos estreitos *caminhos dos bugres* da Serra do Corvo Branco.

Nas escarpas íngremes sobem tropas de mulas carregando armas, dinamite, explosivos e munições para abastecer os mercenários e revoltosos nas matas da serra catarinense e o território de terras contestadas entre o rio Iguaçu e o rio Uruguai. As cargas estão em latas e caixas disfarçadas de transporte de sal, peixe seco, debulhador manual de milho, máquina manual de costura, máquina de moer carne, plantadeira matraca de grãos, separador manual da nata do leite e fardos de têxteis.

Há um cenário realista de que batalhas podem ser travadas no planalto catarinense, bem como ao norte do Rio Grande do Sul e nos entremeios do rio Iguaçu e rio Uruguai, já em pé de guerra devido às tensões que vêm se acumulando, particularmente em Irani, Caraguatá e Taquaruçu. Sempre que podem, os comboios de cargas desviam de cidades para serem o menos visto possível; algumas pessoas que os veem passar por estradas rurais logo pensam que são tropeiros ou ciganos. E tanto melhor que pensem assim.

Os esparsos, curiosos e confusos moradores, Serra abaixo e Serra acima, acham que as caravanas são de imigrantes transportando os seus pertences e os agentes alimentam essa versão com mentiras dizendo que tudo é carregamento para o comércio entre o litoral e o interior. Na verdade, sobem com armas e munições e descem com açúcar, banha de porco, chimia de pão, couro bovino, frutas, lã de carneiro, laranjas, maçãs, mel, melado, penas de ganso, tangerinas, torresmo e uvas para venderem no litoral.

Trilhos tortuosos e estreitos, com subidas íngremes e cansativas, só podem ser trilhados pelas mulas doceis e mansas. O boi, o burro, o cavalo e a égua estão fora de cogitação, pois ao se assustarem e se agitarem podem cair perau abaixo com carga e tudo, causando um festival de explosões que logo podem ser ouvidas e as incursões descobertas. Um aspecto favorável dessa rota é a possibilidade de comprar boa alimentação dos agricultores no caminho e até pernoitar em ranchos e galpões de gado nas noites e horas de chuva.

A partir de Urubici o carregamento é feito por carretão, carro de boi, carroça numa epopeia semelhante aos trajetos feitos pelos imigrantes alemães deserto adentro rumo ao leste e ao norte da Namíbia desde a Conferência de Berlim em 1884-1885; lá o trem parte dos portos da Baia de Walvis, Cabo da Cruz, Lüderitz, Swakopmund com os imigrantes e seus pertences que, que a partir de alguns pontos às margens da ferrovia, seguem para as terras verdes do norte e do leste da Namíbia para se estabelecerem com o cultivo agrícola e criação de gado, ovelhas e produção de mel. As ferrovias na Namíbia e em Santa Catarina estão sendo construídas com financiamento dos mesmos grupos alemães. Na verdade, a unificação da República do Kaiser faz parte do mesmo agendamento geopolítico da Alemanha na África e no Oriente Médio.

Na África, um plano ambicioso e revolucionário visa construir a ferrovia desde a Baia de Walvis até Dar es Salaam e promover a unificação de uma grande república no bico da África do Sul e de preferência dos Grandes Lagos para o sul contudo, permitir que Portugal, neutro com a Alemanha, continue no controle de Angola e Moçambique e de preferência de costa a costa entre o Atlântico e o Índico para enxotar os ingleses da região.

Nas Arábias, em parceria com o Império Otomano, o objetivo é criar uma grande área de influência até o Golfo Pérsico capaz de dar acesso ao petróleo e interromper o caminho para a maior fonte de riqueza aos britânicos: a Índia. Mas não há folego para tudo isso e, por outro lado, poderia levar a uma grande guerra em escala global e por isso o Kaiser se concentra na América do Sul.

Rota Laguna-Rio do Rastro

Em Laguna há descarregamento pela Lagoa do Imaruí e na Passagem da Barra e a partir daí seguem por canoas pelo rio Tubarão ou por terra em suas margens. Passam a cidade de Tubarão e continuam pelas margens do rio Hipólito; depois passando por Pedras Grandes, Pindotiba, Orleans e Guarita, sobem a Serra do Rio do Rastro até Bom Jardim da Serra. Uma parte das cargas segue para São Joaquim e passa por fora de Lages, onde há policiamento bem-organizado. Vão adiante para Curitibanos, Friburgo e Caçador e abastecem os acampamentos robustos de mercenários que estão sendo treinados para serem destacados para Porto União, Bituruna, Canoinhas e Campo Alegre no dia da unificação. Outra parte das armas e munições desce pelas margens do rio Lava Tudo até chegar ao rio Pelotas e ao rio Uruguai para depois subir pelo rio Irani e o rio Chapecó. Em Irani há três campos de treinamento que serão destacados para Bituruna, Chopinzinho, Nova Prata do Iguaçu, Capitão Leônidas Marques e para as margens sul do Parque Iguaçu.

Pastagens com pinheirais e as beiras de matas são lugares apropriados para acampar, onde é fácil e seguro amarrar os bois, burros, cavalos e mulas nos pinheiros. É confortável para eles serem atados e uma corda ou laço longos se quiserem pastar ou deitar-se. Há sempre um balde para dar água aos animais e milho debulhado e cana-de-açúcar picada para alimentá-los quando estão longe de pastos.

Após subir a serra, nem sempre é fácil dormir à noite no alto dos aparados, onde o bugio ronca no perau ao lado, em som contínuo para fingir ser um bando e maior do que é para enxotar concorrentes e predadores. Ainda há pernilongos infetantes e borrachudos comichentos; grilos não param de cantar a noite inteira e de madrugada cantam mais lentamente, podendo, então, quase se ouvir a grama crescer de tão silencioso, desolado e longe de tudo. Nessas horas fica difícil imaginar que o barulho dos estaleiros em Kiel com toda a tecnologia sendo empregada na construção da marinha de guerra alemã tem um elo com o transporte dessas armas e munições no meio do lugar nenhum.

Nas épocas de pinhas não se dorme embaixo de pinheiros, mas fora de época sim para evitar que uma delas caia na cabeça de alguém. Ocasionalmente o coração de alguns quase salta pela boca quando uma grimpa seca cai sobre a lona da barraca enquanto dormem; meio acordados a meio dormindo, passam-se uns segundos aterrorizantes antes de saberem que não é um adversário que veio para a degola.

Ao acordar na madrugada que anuncia a aurora, já pelas 4 horas da manhã, e ao espreitar por entre a entradinha da barraca levemente aberta e ver os galhos altos dos pinheiros balançando lentamente, parece a esse alguém que o vento sentido aqui é o mesmo que bate na lua minguante e que a brisa estancada pela lona aqui é a mesma que esfria a lua distante. Depois de alguns minutos de mistério e de questionamento silencioso da verdadeira razão de estar ali, esse mercenário volta a dormir e alivia a sua alma angustiada.

Rota Rio Grande-Iberá

Há desembarque de armas e munições no porto de Rio Grande, nos mesmos disfarces de Itajaí. As cargas vão pelas margens da ferrovia Rio Grande-Bagé para abastecimento de acampamentos militares clandestinos nas regiões de Pelotas, Bagé, Santana do Livramento até Uruguaiana, Curuzú Cuatiá. Como há uma grande concentração de revoltosos e mercenários nas florestas de Ibérá, na Argentina, as cargas sobem por embarcações pelo rio Paraná.

Nos acampamentos nas beiras de rios, lagoas e banhados se ouve a barulheira de sapos e rãs coaxando e tantos outros serzinhos gritando; um soldado alemão diz que se sente novamente estar ao norte da Namíbia, onde aprendeu com os quimbundos da Angola sobre o ma'koba, chamado de macumba no português e aqui representado pelo reco-reco de bambu: o som das almas de humanos falecidos gritando na floresta na noite africana, umas de felicidade e outras pedindo socorro.

O Rio Grande do Sul já tem boa malha ferroviária integradora em todo o estado. As ferrovias São Borja-Santa Maria, São Gabriel-Santa Maria, Marcelino-Ramos-Passo Fundo-Santa Maria e Santa Maria-Porto Alegre já em operação serão bem utilizadas no dia da unificação e depois.

Rota dos rios Paraguai, Paraná e Uruguai

Essa talvez seja a rota mais fácil e mais segura para desembarque entre todos os portos e mais eficaz para a infiltração de armas e munições. Uma vez descarregados em Buenos Aires, a passagem é quase livre pelos rios acima.

Subindo pelo rio Paraná, em Santa Fé parte das cargas vai pelo rio Salgado e depois de Resistência outra parte continua pelo rio Paraná; outras sobem pelo rio Bermejo e o restante vai para Assunção e também pelo rio Pilcomayo. Esse abastecimento é para o norte da Argentina, para as Cordilheiras e para o Paraguai em sincronização com a rota de Iquique; contém armas pequenas, munições, metralhadoras, rifles e canhões e é a rota que mais abastece motos de guerra. Também leva tendas militares e estruturas para preparar alimentos nos acampamentos.

Em Maldonado, Montevidéu e Punta del Leste há mais presença policial e controle de autoridades e por isso são lugares mais perigosos para os infiltradores de armas e munições serem descobertos. Então a rota de abastecimento sobe pelo rio Uruguai e daí pelo rio Negro, abastece Mercedes e todo o interior da República do Uruguai e vai até próximo de Bagé; e pelo rio Taquarembó, abastece Rivera e Santana do Livramento, onde tropas brasileiras podem mostrar resistência no dia da unificação.

A partir do rio Uruguai os abastecimentos também adentram os rios Queguay, Daymán e Arapey; e ainda pelos rios Ibicuí, Ijuí, Piratini, Quaraí e Santa Maria para abastecerem o interior oeste do Rio Grande do Sul.

Ainda pelo Mar del Plata e depois pelo rio Uruguai, as cargas sobem para abastecer regiões da Argentina e o noroeste do rio Iguaçu. Há agentes que aguardam cargas de armas e munições em Concordia (Argentina), Uruguaiana, Santo Tomé, San Javier e Santa Rita. Chegando ao Salto de Yucumã é preciso fazer uma transferência das cargas da água para a terra e seguir um trecho pelas margens e depois seguir de barco pelo rio Uruguai até a confluência do rio Chapecó para abastecer Palmas e Pato Branco e até a confluência do rio Irani para abastecer os agentes e mercenários às margens sul do rio Iguaçu.

A partir de Yucumã também sobem pelo rio Peperi Guaçu abastecendo Bernardo de Irigoyen e indo até Barracão e daí seguem por terra tomando as margens do rio San António a partir de San Antonio para abastecer Comandante Andresito e Nova Prata do Iguaçu.

Rota Iquique-Argentina-Paraguai

Já para proteger as fronteiras entre Chile, Argentina e Paraguai com a Bolívia, o Brasil e o Peru, as cargas são desembarcadas clandestinamente próximas ao porto de Iquique e cruzam ao lombo de mulas e burros em segredo pelo Pampa del Tamarugal e descem pelos Andes até Cahuisa e Ujina e de lá se redistribuem por carroças puxadas por três juntas de bois cada para as guarnições das fronteiras.

As fronteiras entre Chile e Bolívia são garantidas por guarnições de mercenários na tríplice fronteira Chile-Peru-Bolívia, Guacollo, Tacata nas margens do rio Caquena, Ajata nas margens do Lago Chungará, Castiluma nas margens do Salar de Suri, Colchane, Ujina, San Pedro de Atacama, Tri fronteira Chile-Bolívia-Argentina.

As fronteiras entre Argentina e Bolívia são garantidas por guarnições militares na tríplice fronteira Chile-Bolívia-Argentina, Laguna de Vilama, La Quiaca, Juntas de San Antonio, Yacuiba, margens do rio Pilcomayo na tríplice fronteira Bolívia-Argentina-Paraguai.

As fronteiras entre Paraguai e Bolívia são garantidas pelas guarnições e fortificações na tríplice fronteira Bolívia-Argentina-Paraguai, General Eugenio A. Garay, Bahia Negra, Puerto Valle-Mi, Bela Vista Norte, Capitan Bado, Ypehú, Salto del Guairá e Yvype que depois da unificação se desenvolve como uma cidade estratégica do outro lado de Ponta Porã e é bom trânsito comercial entre a República e o Brasil.

Compra do silêncio dos desconfiados e fofoqueiros

Conforme já relatado, uma rede integrada de informantes, de treino de mercenários e de provisão de armas, munições e alimentos é criada pelo Reich, principalmente nas bacias dos rios Iguaçu e Uruguai e o noroeste do Paraguai. As expedições ocorrem despercebidamente e o silêncio é mantido com subornos a agentes e desconfiados em todo o bico da América do Sul. Tudo é muito bem sincronizado com as áreas de atuação mais ambiciosas para assegurar as fronteiras com o rio Iguaçu e do Paraguai, Chile e Argentina com a Bolívia e para que nada falte no dia da unificação.

Na "formação de amigos" e na compra de silêncio e fidelidade tudo é válido, a começar por suborno, oferecimento de alguém remunerada para serviço sexual e até mesmo um tiro na testa ou punhal no bucho em boteco e casa de meretrício. Nem a forca e a degola estão descartadas. Até onde alguns entendem o que é uma estratégia geopolítica global de um império, um bom copo de cachaça e de vinho resolve; quando fica mais difícil convencer para "pegar junto para uma causa" o punhal resolve melhor.

Para o disfarce das cargas e o desvio da curiosidade, sempre é conveniente ter uma peça de tecido, um vestuário, uma toalha ou cortina, navalha e lâminas de barbear para presentear os donos da casa pela generosidade de pousos e oferta de seus ranchos ou pastos para um pernoite da expedição. E sempre tem algum espertinho que, como radar de moscas, “pega algo no ar” e, no cochicho da boca pequena, começa a especular o que fazem e o que carregam esses comboios de mulas, carretões, carroças, carros de boi, canoas e barcos.

Na região de Urubici, um padre católico alemão, que sabe o real motivo das cargas, é devidamente agradado com um relógio carrilhão de mesa sueco para manter o seu silêncio. Outro reverendo católico alemão, em Lages, recebe umas roupas de frio trazidas de sua terra natal e dois cachimbos dinamarqueses.

O suborno mais eficaz de autoridades e delegados de polícia, donos de comércio e outros sabedores de tudo, é presentear com a pistola Luger P08 acompanhada de boa carga de munições até o próximo ano, período em que já não será mais preciso do silêncio de ninguém. Essa arma de 7,65 mm por 21 mm de calibre é de fácil manuseio, bonita, precisa, cobiçada e até utilizada para hipoteca para pequenos empréstimos bancários ou junto a agiotas e para a troca de favores com prefeitos municipais. Nessas terras parece sempre haver alguém, aparentemente enriquecido, mas endividado e burlando as leis. Os agraciados esnobam essa arma com a mentira de terem sido presenteados por um imigrante alemão, ou um proprietário de terras, ou comerciante; para despistar curiosos, sempre dizem que o doador é de outro munícipio; uns até dizem que foi enviada da Alemanha por um conhecido do seu pai antes dele migrar. Em todos os subornos o objetivo é único: comprar o silêncio e manter o segredo absoluto das intenções do Kaiser.

Há momentos tensos quando parece que todo o cuidado e os segredos das expedições, mantidos com todos os métodos reprováveis e asquerosos, são jogadas ao vento. Esse é o caso daquela noite de lua nova, completamente escura, quando o navio com carregamento de armas e munições atraca em Imbituba e alguns descobrem o conteúdo das cargas. É necessário subornar oficiais e fazer desaparecer algumas pessoas que no zelo do seu dever podem querer delatar o carregamento, o que também pode dar início a descoberta de tudo pela capital federal do Brasil e pelas forças policiais mais próximas. Numa situação dessas é preciso partir para a degola de alguns ou vai ser melhor jogar-se serra abaixo com o ideal, o soldo, a glória da luta e tudo.

Com o passar do tempo, é inevitável que alguns descubram parte das maquinações alemãs e os subornos aumentam para comprar o silêncio. Espera-se que, mediante uma eventual descoberta dos planos do Kaiser, a intimidação mútua e o medo do potencial adversário entre as tropas brasileiras e as do exército alemão possam dissuadir ambos os lados a lutarem; ninguém pode prever a implicações regionais e internacionais de um conflito sangrento aí. Neste caso, a estratégia de deterrência está sempre pronta à mesa para ser utilizada se for necessária.

Para manter algumas pessoas de boca calada, às vezes é preciso silenciá-las para sempre. Em matéria de brutalidade para o controle territorial e manter a fidelidade das pessoas, a Alemanha já tem demonstrado as suas habilidades contra a resistência na Namíbia e Tanganica. Contudo, em terras contestadas é muito perigoso recorrer à violência, pois toda a região já está um barril de pólvora e qualquer faísca pode levar à violência generalizada e dificultar o controle.

Na região de terras contestadas ainda há a prática da degola em fazendas, no sono da cama e em brigas de boteco, mas não necessariamente para disputas políticas. Essa ameaça implícita fica no ar para combatentes recrutados caso se aventurem à deserção. O cheiro de degola da Revolução Federalista ainda paira nas matas e campos abertos da região contestada e os agentes do Kaiser logo vão descobrir o poder da persuasão da técnica para submeter engraçadinhos, fofoqueiros, falsos e traidores. Abud é um africano lindíssimo e alto, com uma face quase angelical e já chega a ser confundido com Adão Latorre, o degolador maragato; na verdade, ele é um bom soldado trazido dos Camarões, sob controle alemão desde a Conferência de Berlim (1884-1885).

Senso de heroísmo

O passado de lutas, e até por vezes violento, de regiões do Rio Grande do Sul e de Santa Catarina desde os tempos dos chimangos, farrapos, marragatos, barrigas-verdes e da Revolução Federalista e agora uma vez mais o sopro dos ventos de rebelião em região de terras contestadas têm criado uma cultura da busca de glória pela guerra na mente dos mais jovens, acostumados a ouvir muitas estórias de avós, tios e padrinhos. Estórias e histórias de bravura e de luta também não são diferentes na Argentina, Chile, Paraguai e Uruguai; talvez ainda uma herança árabe deixada pela ocupação da Península Ibérica, onde o cavalo, a espada, a coragem, o destemor, a luta por uma causa, o senso de história e o heroísmo fazem parte das roupas largas dos muçulmanos orientais, agora representadas nas bombachas. Esse sentido de compromisso, de pertença e de dever nos pampas, cordilheiras, cânions, aparados e litorais é sempre enfatizado noites adentro à beira do fogo, embaixo do rancho, à sombra de pinheiros robustos, em redes feitas de folhas de tucum trançadas e aprendidas com os indígenas, em casas de chão batido, no remo das canoas e no grito do sapucay nas noites de inverno.

É o que se ouve em conversas e cantorias, geralmente em italiano, alemão, polonês e quase sempre no idioma dos pais e dos avôs imigrantes. Nos lares, após a janta e a reza do terço católico e após a leitura da bíblia luterana em voz alta antes de ir para a cama na noite silenciosa e escura, se ouve verdadeiras aulas de história e de bravura dos antepassados nas terras longínquas. Também há incontáveis relatos dos dias dos primeiros desbravadores imigrantes que derrubaram hectares e hectares de pinheiros, cedros e limparam a mata atlântica com o machado; muitos utilizavam lampiões ou luz de querosene feitas com gomos de taquara abastecidos de querosene com um pedaço de pano contorcido que formam um longo pavio e com eles iniciavam a jornada do dia no mato escuro bem antes do sol raiar. A chama dessa "luz" havia de ser protegida contra o vento por uma folha de caeté ou casca de palmito, ou por alguém segurando-a com as mãos e tendo que reacendê-la diversas vezes com o isqueiro.

Nos cenários das matas, pastagens e plantações de difícil sobrevivência de colonos, indígenas e caboclos relegados à pobreza, nestes dias paira no ar a expectativa de algo diferente e grandioso que está por acontecer, a sensação de um resgate paternal e maternal, talvez quase escatológico e até milagroso. Isso é espalhado não só por monges e curandeiros, mas de propósito por agentes alemães. O plano do Kaiser explora astutamente essas expectativas, principalmente daqueles amedrontados que ficam em casa a rezar que tudo seja melhor depois desse dia; por outro lado, cria o desejo de luta em outros que, ao enfrentarem o perigo, se iludem pela glória como se a causa do Kaiser fosse a própria causa deles.

Informantes e esconderijos das armas e munições

O desafio maior dos agentes da unificação é manter os depósitos de armas e munições em beira de rios, grutas, matas, peraus e em construções de boa estrutura sem levantar suspeita frente à população e autoridades, menos ainda às polícias militares de Santa Catarina e do Paraná e ao exército brasileiro. Para não umedecer e mofar nos esconderijos, dinamites e pólvora precisam ser expostas ocasionalmente ao sol. E tão importante quanto o suprimento e cuidado com munições e armas é conseguir alimentos. Assim, um grupo faz a vigia permanente nas grutas e ranchos cobertos com folha de palmito e de coqueiro e paredes de taquara trançada com barro.

Um grupo de informantes e espiões disfarçados de andarilhos na região coleta informações e outros coletam alimentos. Mas eles têm dinheiro o suficiente para comprar alimentos nos armazéns da região, assim como dormem em lugares diferentes todas as noites. Se apresentam como caixeiro-viajante que estão angariando informação para comerciantes de cidades maiores, fazendo pesquisa do potencial do mercado para os seus produtos: aleirador de tração animal, arado, aterrador de tração animal, capinadeira de tração animal, debulhador manual de milho, desnatadeira de leite, grade de dentes de tração animal, implementos agrícolas, máquina de costura, moedor de café, moedor de carne, panelas, picador manual de trato para o gado, plantadeira e adubadora de tração animal, plantadeira manual matraca, prensa de torresmo, tachos, talheres, tesouras; objetos de cortes de couro para fazedores de arreios, laços e sapatos; bois e cavalos. É apenas um disfarce quando alguém puxa conversa sobre quem são eles. Alguns até dizem estar a serviços de sua igreja, mas já estão interessados em se converter ao catolicismo ou ao luteranismo, dependendo de qual é a fé dos locais. Outros, ainda, cortam cabelos com a máquina manual que levam consigo.

Vida nos acampamentos

Além dos treinos e rotina disciplinada, muitos membros das tropas mercenárias também caçam e pescam, buscam informações e angariam alimentos. Os administradores de todo o agendamento até os deixam a entender inocentemente que estão se divertindo, levando uma vida descompromissada sem se interessar quem e porque os financiam; como se fosse um piquenique continuado fazendo o que se gosta, dar tiros, caçar e a noite tomar uns tragos e depois dormir. E assim seguem dia após dia à espera de ordens para algo mais sério que parece estar no ar, mas que eles mesmos nem têm muita ideia do que possa ser.

Nos acampamentos alguns são barbeiros e outros consertam roupa rasgada e reparam calçados. Sempre há um *prático* que conhece bem sobre ervas e curas para qualquer ferimento e dissabor de saúde que alguém possa sentir. Chá de camomila, de hortelã e de folhas de laranja são frequentemente tomados nas noites para provocar um bom soninho.

A graxa patente utilizada para lubrificar eixos de carroças e a querosene são amplamente utilizadas para limpar e curar feridas; quase todos os acampamentos têm um alicate (rizagra) para algum corajoso arrancar dentes que não param de doer; a boca do paciente é enxaguada com cachaça. Não faltam aqueles que têm como passatempo espremer berne de camaradas em armas uma vez que as regiões são infestadas de mutucas e moscas que picam e depositam ovos de berne nas pernas, braços e nas costas das pessoas. É muito comum a ocorrência de furúnculos, então uma folha de copo de leite coberta com toucinho de porco aquecido costuma ser colocada sobre furúnculos numa amarração com panos velhos para "amadurecer e puxar" o pus. E para enxotar jararacas quando estão caminhando nas matas e em treinamento militar há recomendações para esfregar alho cru nas botas, coturnos e barra das calças.

Fumando palheiro e cachimbo ao ar livre e em volta da fogueira antes de dormir, aproveita-se também para avaliar os treinos e planejar os próximos passos. Sempre há um garrafão de cachaça com um copinho minúsculo só para goles, mas com um certo controle para evitar embriaguez, desavenças e brigas entre os colaboradores e porque no dia seguinte todos devem estar bem.

As construções nos acampamentos são cobertas por folhas de palmito e de palmeiras e as paredes são feitas com troncos de palmito e taquaras trançadas e recheadas com barro grudento vermelho ou aquele preto chamado de *sabão de caboclo*.

Os dormitórios são construídos como oca indígena com fogo ao centro para aquecer os pés e ampla abertura no meio do teto para sair a fumaça e entrar ar fresco na madrugada. As camas são feitas sobre o chão batido partindo de quatro rolos de madeira atravessados a uma altura de 20 a 30 cm do chão para permitir passagem de ar e daí cobertos de bambus grossos colocados de comprido e completados por taquaras mais finas para ficar bem nivelada; a próxima camada é de palha de milho, folhas de palmito, de palmeira, de coqueiros, de tucum e capim-elefante que formam a base do colchão para daí se tornar mais macio menos barulhento com marcela ensacada, roupa velha ou pelegos de carneiro. Couro de gado também é usado por cima das taquaras, mas gera odor e não é muito higiênico e tem que ser colocado no sol de vez em quando e daí acaba ficando muito duro. O travesseiro é feito com a flor de taboa ou com penas finas e penugens de galinhas, patos e gansos. A coberta é geralmente feita de pelegos costurados um no outro, principalmente no inverno e noites frias. Em noites menos frias a maioria só cobre os pés e as costas com lençóis velhos e colchas feitas de roupa velha.

O banho é uma obrigação diária, sendo tomado em riachos, rios, cachoeiras, açudes, e lagoas próximas e com caneca e chuveiro de campanha, com água aquecida em dias de frio. Cada qual lava a sua roupa que é secada em galhos de árvores, tocos de madeira ou cipós amarrados entre uma árvore e outra; paus e taquaras fincadas ao chão também servem assim como dois galhos com forca para cima em forma de ípsilon e fincados aos chão para sustentar uma taquara sobre eles.

Nos acampamentos regularmente há alguém que toca algum instrumento musical ou objeto sonoro, seja acordeão, agogô, atabaque, bandoneon, berimbau, caixa de fósforos, cavaquinho, caxixi, chocalho de porunga de pescoço ou de gomo de taquara com sementes de lágrimas-de-maria ou grão de milho dentro, cítara artesanal, colheres invertidas, dobrão, ganzá, kalimba, pandeiro, reco-reco de bambu, tambor, tampa de panela, violão ou violino. Pelo menos um desses sempre está em volta, sendo que flautas são feitas de gomo de taquara e não faltam os que tocam "gaita harmônica" com folhas à boca e com um pente.

Frequentemente há entusiastas para cantorias, trovas e desafios e bons contadores de piadas, de causos e boas mentiras também. Tudo narrado com muita valentia e heroísmo e quase sempre o próprio narrador é o personagem principal. Jogo de baralho, de dominó, de tria com feijão e milho, de dados feitos com cubos de madeira e marcados com arame quente, luta de braço, luta corporal e capoeira também mantêm os homens animados e descarregando sua fúria. É quase impossível não ter alguém com duas ou três gaiolas com passarinhos, outro com um gato ou cachorro de estimação e nunca falta uma casa de meretrício na redondeza para os mais sem-vergonhas. Por vezes um grupinho se esquiva para praticar sexo com uma égua ou mula bem mansa e quase se acabam de tanto rir; por vezes a perversão parece não ter limites entre alguns seres também com sede para matar.

Angariadores de alimentos

Nos campos de treinamento, nas matas e esconderijos a comida é cozida em caldeirões pendurados em corrente presa entre 3 e 5 galhos fincados ao chão e em tachos sobre pedras; feijoada e farofa de pinhão são servidas com frequência, mas o povo gosta mesmo é do pão de fubá com ingredientes de cará e batata e acompanhado de frituras de linguiça, ovo e queijo. Polenta com azedinha e polenta com peixe frito sempre são aprovados e cada acampamento tem uma boa horta para cultivar verduras e hortaliças abundantes para as "misturas" na refeição e compensam pela escassez de carne. Sempre há pelo menos um forno à brasa feito de tijolo ou de barro para assar pães, roscas de polvilho, frango, carne e caça. A carne é geralmente espetada e assada sobre brasas ao chão cercadas de pedras.

Todo e qualquer tipo de fruta comestível na redondeza nunca vai cair do pé e os mercenários saem em bando a procura de abacate, ameixas-amarelas e vermelhas, amora, araçá, araticum (cortiça crespa e lisa), broto de bambu, butiá, cana-de-açúcar, carambolas, figo, figo silvestre, fruta-do-conde, goiaba, guabiroba, jabuticaba, laranja, mamão, maracujá, tangerina, tomate e qualquer coisa madura para comer.

Cada qual lava a sua louça e a sua roupa enquanto a limpeza de panelas, caldeirões e tachos é feita por grupos em revezamento. Um dia desses, ao lavarem as panelas, um grupinho brinca de fazer o sabão molhado saltar espremendo-o por meio das mãos; a aposta é ver quem faz o sabão saltar mais longe e não demora para o salto mais longe fazê-lo cair dentro de um tacho de feijoada quente. Com muito desespero e pressa e escapando aos olhos do chefe, conseguem tirá-lo, sem antes deixar de agregar aos ingredientes da feijoada um gostinho de cinzas e de tripas de porco e sebo de gado dos quais o sabão é feito.

Em alguns lugares pequenos agricultores não vendem alimentos, pois são de subsistência. É preciso, então, que alguns circulem as vilas e cidades na busca de alimentos. Disfarçam-se de viajantes, procuram ganhar ou comprar alimentos para a sua "viagem" e até pernoitar nas casas a convite da população ingênua e desavisada. Mais adiante, em lugares combinados, alguém os aguarda com um cavalo, mula ou bruaca e já leva a compra para o acampamento. Algum pinheiro alto, figueira robusta, cachoeira, casa, cemitério, curva de estrada, venda, mercado, bodega, igreja, escola, casa de meretrício, encruzilhada de estrada, todos servem como referência.

Como a maioria dos mercenários é analfabeta, alguns pouco escolarizados são escolhidos para angariar alimentos junto aos residentes da região; se apresentam como pregadores da Bíblia e até se dispõem a batizar crianças; falam de matemática, de música, marcenaria, construção. Uns dizem estar interessados em terra livres na região para cultivar. Ninguém desconfia deles, pois como sempre há muita gente indo e vindo e quase nenhum policiamento e é normal ver alguém andando a cavalo, em charrete ou em carroça, ou mesmo a pé para cá e para lá. Na interpretação despreocupada da população pode ser qualquer um, andarilho, migrante, padre, pastor, gente a procura de terras e de emprego e não aparentam qualquer ameaça. A maioria dos residentes fala em alemão, italiano, polonês, ucraniano e no idioma dos que imigraram na família e, para disfarçar, os angariadores de alimentos para os acampamentos dizem que vieram sozinhos de navio e não têm familiares e por isso ainda não têm conseguido um pedaço de terra para trabalhar. Um deles até repete a estória já conhecida na região de que embarcou num navio e veio para São Francisco do Sul, enquanto pensava que estaria indo para San Francisco da Califórnia. Alguns entusiastas chegam a aproveitar essas rondas para arregimentar novos recrutas para a "causa".

Os mais espertos, porém, apresentam-se como barbeiros, portando até uma máquina manual transada para cortar o cabelo do povo. Crianças geralmente mantêm o cabelo raspado para melhor higiene, evitar piolhos e demorar para o próximo corte. Uns poucos carregam uma rizagra de dentista para arrancar dentes. Dão conta do recado e como quase ninguém tem dinheiro, recebem o pagamento em forma de alimentos "para levar" incluindo carne frita, pães, batatinha, linguiça seca, mandioca, feijão, torresmo, queijo, fubá, farinha de mandioca, banha de porco e até frangos vivos; alguns não têm vergonha de se convidarem para pernoitar nas casas. Contam boas estórias para as crianças das famílias e no dia seguinte vão em frente com o seu cavalo, charrete ou carrocinha para entregarem as coletas junto aos que estão em treinamento nas matas e cuidando dos depósitos militares nas grutas, tendas, cabanas e ranchos de sapé vigiados dia e noite. Tudo muito organizado para o dia da unificação, com alguns angariando informações, outros coletando alimentos para o dia a dia, outros treinando e outros subornando autoridades e sabichões.

Em domingos, quando bons católicos e bons luteranos deixam as suas casas rurais sozinhas para irem ao culto na igreja, é a oportunidade para alguns roubarem açúcar, agulha de costura, alho, bolacha caseira, botões de camisa, bule, caneca, carretel de linha, carvão, casaco, cebola, erva-mate, facão, foice, fronha, fubá, gaiola com passarinho, galinha, galo cantador, gato de estimação, graxa patente, isqueiro, lamparina, linguiça defumada pendurada em varas no rancho e na despensa, manteiga, nata, ovos, palha de milho, panela, pelego de carneiro, pó de café, queijo, querosene, rolo de fumo, roupa de cama, sabugo de milho, saco de penas de gansos, sal, tábua de polenta, talher, toalha, toucinho pendurado num prego na parede de um rancho, travesseiro, vela e xícara. Mas não se pega muito para "não dar bandeira" e de fato os comandantes proíbem essa prática, mas sempre há alguém que o faz. Há mais tolerância quando se sabe que alguns grupos comem o que roubam como melancia nas lavouras, melão, pepino neve, legumes, verduras da horta, milho-verde, frutas, torresmo, linguiça defumada. Roubar animais para carnear ou cavalos leva a punição severa, uma vez que isso levanta suspeita de que possa haver algo estranho na região e, na pior das hipóteses, alguém registrar boletim de ocorrência dos roubos junto à delegacia de polícia. E isso oferece perigo à causa, ainda clandestina e desconhecida, da preparação para a unificação da República.

ROTAS DAS MUNIÇÕES

Infiltração, armas e munições
do mar para o porto de Imbituba
unificação nas antigas Missões
Cubatão, Curuzu e Aratingaúba

tri-fronteira, Kaiser e fuzil
Serra do Corvo, Iquique e Iberá
Rio do Rastro e Morro do Funil
Uruguai, Iguaçu e Caraguatá

messianismo e erva amarga
pampas, espionagem e degola
carretão e bruacas com carga
canhão, metralhadora e pistola

pinheirais, trilhas e picadas
medo, segredos e payadas

MESSIANISMO

Serras, escarpas e arroios
poncho, carancho e guerreiros
entre pinheiros em comboio
noite cantada em terreiro

mercenário, da terra enxotado
traição, emboscada em trilhos
bigode de canga, cara de diabo
ñandú, projétil e zorrilhos

cabasú chaqueño e condor
mulas, burros e cavalos
marinheiro, soldado e pastor
bois em margens e valos

puma, guanaco e bugio
Patagônia, ginete e navio

III

Unificação da República do Kaiser

Baile do rodopio do vestido da guarani paraguaia

Rebeldes tidos como messiânicos e baderneiros pelas autoridades estabelecidas nas regiões de Irani, Taquaruçu e Caraguatá, rio Canoas, rio Iguaçu, rio das Marombas, rio do Peixe e rio Chapecó antes da unificação recebem munições e treino sob o comando de Fridolin e de seu braço direito, o ex-maragato Angelim de Canoinhas, ambo sob o comando de Arno e do general paraguaio, o pai de Jaci. Não só nessa região, mas em todos as regiões estratégicas há mercenários bem-preparados para assegurar as futuras fronteiras. Toda essa amarração das fronteiras ao norte da República do Kaiser está sincronizada com a tomada dos portos no Atlântico e no Pacífico pela *Kaiserliche Marine* e a simultânea invasão de superfície por pelotões das *Schutztruppe*, as forças de proteção, marcada para o *baile do rodopio do vestido da guarani paraguaia* no dia 16 de dezembro de 1910.

Essa é uma das maiores operações de guerra já vista na América do Sul, com todo o estado de arte da tecnologia militar, estratégia, logística, transporte e comunicações modernas.

Numa noite agradável do ano de 1909, a lua cheia brilha sobre Assunção, capital do Paraguai, e quase todo o plano deságua rio abaixo. O prestigiado bar *Arpa y Bandoneon*, na Calle Palma, está repleto de "gente importante", bem-vestida e misteriosa, como sempre. Uma briga quando muitos já estão embriagados, causa uma morte durante poucos minutos de aparente disputa afetiva sobre uma linda paraguaia guarani de cabelos longos. Um colaborador bem próximo de Arno e conhecido colecionador de facas gaúchas, é visto por todos com um punhal na mão golpeando Gabriel, um colaborador uruguaio também interessado na beldade Jaci que dançava rodopiando a saia ao som da harpa, bandoneon e violino.

Ocorre que Arno é o agente responsável-geral por toda a cadeia de informações, ultrassecretas e pelas estratégias militares para a construção da República pelo Reich; o golpeador de Gabriel quer agradar Arno e esse fato trágico coloca-o numa situação difícil que acaba por afetar a sua conhecida e respeitada compostura cavalheiresca. O crime dessa noite vai desencadear uma série de assassinatos misteriosos, não somente na capital paraguaia, mas também em Buenos Aires, Montevidéu e Santiago. Arno teme que outros sul-americanos na folha de pagamento para a rede secreta da unificação possam vazar informações, uma vez que aparentemente mostram simpatia por Gabriel; então manda esfaquear alguns dos quais desconfia e que vivem aumentando o preço do suborno para manterem a boca fechada. Enquanto isso, aumenta o valor dos subornos aos outros para manterem o silêncio sobre esse crime e sobre o plano do Kaiser.

É quase um consenso silencioso entre esse ninho de cobras que Jaci demonstrava uma leve preferência por

Gabriel, mais jovem e com mais tempo do que Arno, o bem compenetrado e dedicado homem da guerra enviado pelo regime do Kaiser Guilherme II.

Três dias depois dessa noite quente e lamentável, a própria Jaci aparece morta num dos bancos da Catedral Metropolitana de Assunção. Há muito sangue em seu vestido branco de algodão com renda nas pontas e na gola e tiras vermelhas costuradas de cima a baixo e de um lado o outro. Nesse traje e às vezes também em vermelho, ela gostava de rodopiar enquanto dançava para os "amigos de Arno" em tantos eventos que tinha participado nos últimos meses. Seus sapatos, colar e documentos parecem ter sido roubados e nenhum vestígio é encontrado dos perpetradores. O general paraguaio, pai de Jaci, para se consolar acaba acreditando na versão de que os assassinos de Jaci e de Gabriel tenham sido maquinações daqueles que querem causar confusão no plano de unificação; alguns nomes desses que Arno manda dar fim de fato já constam em relatórios anteriores por não serem muito confiáveis.

Com o general guarani enganado e com Arno em remorso, nas próximas semanas após a morte de Gabriel e de Jaci a rede de espionagem e de informações segue tranquila, assim como os treinos de mercenários e as providências necessárias, incluindo o transporte e estocagem de armas e munições e a garantia de alimentos para todos.

Na data do *baile do rodopio do vestido da guarani paraguaia*, sob o comando das *Schutztruppe*, as forças de proteção terrestre são devidamente despachadas a partir dos portos e terra adentro para se juntarem aos mercenários na guarda das fronteiras e contra resistências. E sob o comando da *Kaiserliche Marine*, a marinha imperial alemã, todos os portos e os palácios presidenciais e de governadores da região são assumidos e a função de presidente da República é substituído pela de governador e os países e estados, até então, são substituídos por Territórios, dando origem à República Unificada do Kaiser.

Na sequência, os presidentes destituídos da Argentina, Chile, Paraguai e Uruguai e os governadores destituídos do Rio Grande do Sul e de Santa Catarina são feitos senadores por quatro anos e são convocadas eleições para o mandato de quatro anos sem reeleição para um presidente da República, para govenador em cada um dos cinco de Territórios, para um senador em cada um dos cinco Territórios e para deputados federais com representação proporcional à população, como também deputados para as assembleias legislativas Territoriais. Dentre os deputados federais eleitos é escolhido um primeiro-ministro. As eleições e representações dos poderes legislativo, executivo e judiciário em todos os níveis são de inteira responsabilidade da República e sem interferência da Alemanha.

Esses eventos hão de causar um terremoto geopolítico no Hemisfério Ocidental, surpreender as capitais dos grandes poderes da Terra e mudar o curso diferentemente do que teria sido a Primeira Guerra Mundial e ainda vai evitar que a Segunda Guerra Mundial aconteça.

Assim, nessa ficção, o *Baile do rodopio do vestido da guarani paraguaia* sob o código geral BRVGP para 16 de dezembro de 1910, é a data das operações militares relâmpagos e sincronizadas para o Reich assumir os portos e unificar a Argentina, Chile, Paraguai, Rio Grande do Sul, Santa Catarina e Uruguai sob a República Unificada.

Na pressa do telégrafo bastam as iniciais BR (*baile do rodopio*) para quem enviar a mensagem e AR (*Alles Richtig*) para quem a responde. Agentes instalam telégrafos em diversos pontos e tudo é integrado ao sistema de comunicações da *Kaiserliche Marine* que daí envia as mensagens para Berlim. Informações bem precisas e atualizadas chegam sistematicamente à mesa de Alfred von Tirpitz e de Guilherme II.

Os telégrafos transatlânticos não param de bater informações e comandos vindos diretamente de Berlim. É preciso pegar todos de surpresa, principalmente os americanos, ingleses, franceses e japoneses. Os governos da Itália e do Império Otomano são avisados poucas horas antes com um sutil convite para declararam neutralidade ou mesmo apoio à Alemanha se as respostas dos opositores a demandem.

Como uma consideração especial ao passado católico da região e à influência do papa, Pio X é o primeiro a ser avisado dias antes, com a promessa de que não se trata de conquistas ideológico-religiosa, de nenhuma nova *kulturkampf* e que o patrimônio físico das igrejas e as hierarquias hão de ser todos respeitados; mas também deixam claro que onde se fizer necessário o regime irá buscar a colaboração e alistamento de bons católicos e bons luteranos para assegurar a unificação.

Também é preparado um comunicado para os empresários da área industrial e comercial, bem como a banqueiros, fazendeiros, profissionais liberais, trabalhadores e agricultores de que nada muda nos seus afazeres e na sua liberdade do dia a dia; trata-se única e somente de uma nova ordem militar e política, de importância estratégica global para a Alemanha com a garantia da independência do novo país e a integridade de todas as entidades civis e das repartições públicas. Também convidam a todos para participarem das discussões sobre o governo da República, a ser declarada plenamente independente e aliada da Alemanha e neutra com os outros países do mundo.

Convocação para o baile do rodopio do vestido da guarani paraguaia

Numa era em que ainda não existe GPS, e-mail e WhatsApp e que "só se pára um chamamé para soltar um sapucui", é preciso criar um sistema de informação e estratégia de comunicação para avisar a data da unificação e que não levante suspeita para as autoridades, para a polícia militar e para o exército brasileiro e dos países a serem unificados. Obviamente que grande parte das autoridades já está devidamente aliada e generosamente subornada para a causa.

Panfletos são impressos e distribuídos em comunidades rurais e em centros urbanos para a convocação ao *baile do rodopio do vestido da guarani paraguaia* no dia 16 de dezembro de 1910; para as pessoas não se interessarem a buscar mais informações e acabarem por descobrir que é uma convocação disfarçada, o baile sempre será a três municípios de distância de onde é anunciado. Numa era ainda com poucos automóveis, sem rádio e sem telefone, poucos de fato se interessam em ir nesse suposto baile, mas os contatos-chave da ramificação sabem do que se trata. Cabe a eles inclusive assumir posição de liderança local na data para facilitar a chegada das tropas de proteção e de mercenários onde se faça necessário e bem como lidar alguma pessoa influente que mostre resistência, como pode muito bem ser o caso de um açougueiro, alfaiate, barbeiro, carpinteiro, catequista, comerciante, delegado de polícia, dentista, escrivão, ex-militar, farmacêutico, fazendeiro, freira, juiz de paz, maçom, mãe de santo, maestro, marceneiro, médico, mestre de obras, músico, pai de santo, padre, pajé, parteira, pastor, pedreiro, professor, relojoeiro e sapateiro. Esses exercem uma posição de respeito e de liderança natural sobre a população, na sua maioria analfabeta.

É preciso não assustar as famílias e outros com traumas que ainda lembram das suas vidas na Europa ou do passado político bruto dessas regiões e do Brasil. De qualquer forma, o povo pode dar ouvidos se alguém respeitado no meio deles convoque às armas para a resistência contra a unificação e as tropas brasileiras podem acabar por assumir a resistência, pois provavelmente militares e policiais queiram tomar para si a glória da "defesa da pátria". Se trata então de um golpe de Estado ramificado e com apoio nas bases. A convocação para o baile é somente o anúncio do dia da unificação pela marinha imperial alemã, a *Kaiserliche Marine* e da chegada das forças de proteção, as *Schutztruppe*.

Portos do Atlântico e do Pacífico

Após a unificação, os portos de Fray Bentos, Paysandu e Salto devem ser integrados num sistema de gestão com regulamentação estatal e gestão por concessões privadas, assim como os de San Clemente de Tuyú, Baia Blanca, Comodoro Rivadavia, Cabo San Pablo, Coihaique, Valdivia, Concepción, Viña del Mar, Antofagasta, Arica.

Imediatamente após a tomada dos portos, fortificações militares da marinha e das forças armadas unificadas são instaladas em Antofagasta, Arica, Baia Blanca, Buenos Aires, Colonia del Sacramento, Comodoro Rivadavia, Concepción, Florianópolis, Imbituba, Ilha Oyarvide, Iquique, Itajaí, Laguna, La Paloma, Mar del Plata, Montevidéu, Morro dos Conventos (Araranguá), Porto Alegre, Puerto Aisén, Puerto Montt, Puerto Santa Cruz, Punta Arenas, Punta del Diablo, Punta del Este, Rio Grande, São Francisco do Sul, Tramandaí e Viña del Mar.

É preciso ter poder de fogo na costa marítima, pois os ingleses podem muito bem encurralar os navios de guerra nos portos e estrangulá-los com um bloqueio naval. Oponentes podem justificar as suas ações invocando a legalidade dos mares e a ilegalidade e a afronta às leis internacionais pela Alemanha em tempo de paz. É bom lembrar que o Uruguai é neutro e que não há um ambiente internacional de guerra, apesar de que o cenário geopolítico mostre que tudo converge para um conflito gigantesco na Europa. É de conhecimento de todos que os ingleses e seus futuros aliados ainda não têm disposição e talvez nem logística para iniciar já de imediato uma guerra contra a Alemanha. Mas estão prontos para responder, assim como é certo que a Alemanha também irá ampliar consideravelmente a sua frota naval a partir de 1910, comissionando grande parte de seus navios mais potentes para ainda tentar empatar com a superioridade britânica. Ao mesmo tempo, a Alemanha converte facilmente navios civis para apoio de invasão de superfície a partir da marinha, com navios cargueiros para suprir navios de guerra com alimentos e munição e peças de reposição para manutenção e reparo de avarias.

Em combinação, cada um desses portos tem um navio de guarda estacionado e navios de guerra a distância para enxotar qualquer patrulha oponente. Se trata do maior exercício de logística marítima até então visto para o controle de um território estratégico; há de ser gigantesca, rápida e eficaz em conjunto com as forças mercenárias terrestres e as *Schutztruppe* já prontas para assumir todos os palácios presidenciais e de governadores.

A ampliação de linhas férreas e rodoviárias há de se dar em tempo recorde e os portos hão de agilizar entradas e saídas de materiais, maquinários, equipamentos, tanto militares quanto civis. A ferrovia São Francisco é completada até Foz do Iguaçu e a ferrovia de Itajaí é completada até Dionísio Cerqueira e de lá faz conexões com as linhas da Província de Missiones.

Dentro dos planos estão a construção de um estaleiro pela empresa *Schichau-Werke* em parceria com a *Kaiserlische Werft Wilhelmshaven* na costa da República para a construção de navios de guerra, navios mercantes, locomotivas e possivelmente submarinos. Além da segurança, daqui o Reich e a sua Kaiserliche Marine podem atender as demandas do Atlântico, Pacífico e Índico. Bahia Blanca e Montt oferecem pontos estratégicos para isso e para a frota naval, além do que existe gás e xisto em Vaca Muerta, perto de Bahia Blanca.

A patrulha marítima e logística de abastecimento para defesa e operação da marinha mercante se dá sob o comando do Atlântico e do Pacífico. O exército unificado no interior, sob três grandes comandos, se integra eficazmente a esses comandos e atua em parceria com pelotões das *Schutztruppe* nas bacias hidrográficas. Em cada um desses lugares há uma rede de colaboração e informação com civis, espiões e militares bem remunerados para ficarem de olho em qualquer movimento em contrário que possa afetar a integridade da República. A experiência de infiltração de armas, mercenários e munições adquirida na preparação para a unificação agora é utilizada para a defesa e evitar que grupos opositores façam o mesmo.

O **Comando Atlântico** é composto pelas logísticas do porto de São Francisco do Sul em conexão ferroviária até Foz do Iguaçu; do porto de Itajaí/Navegantes em conexão ferroviária com Dionísio Cerqueira, com a Argentina e com o Rio Grande do Sul; do porto de Imbituba em conexão rodoviária pelas Serras do Corvo Branco, Rio do Rastro e Rocinha; do porto de Rio Grande em conexão ferroviária com o Rio Grande do Sul, Porto Alegre, Pelotas, Cachoeira do Sul, Estrela, Punta del Este, Montevidéu; o porto de Buenos Aires com conexão ferroviária para o interior da Argentina, Mar del Plata, Bahia Blanca, Las Grutas, Comodoro Rivadavia, Puerto Santa Cruz.

Para garantir a segurança e evitar infiltração de opositores armados há alta presença de colaboradores civis, espiões e militares, todos bem remunerados, nos fluxos hidrográficos dos rios Araranguá, Braço do Norte, Cubatão, Cubatão Norte, Itajaí-Açu, Itapocú, Itoupava, Negro, São João, Tijucas, Tubarão, Urussanga; na bacia do Guaíba no Rio Grande do Sul envolvendo os rios Alto Jacuí, Baixo Jacuí, Caí, Gravataí, Lago Guaíba, Pardo, Sinos, Taquari-Antas, Vacacaí; na bacia do Litoral do Rio Grande do Sul envolvendo os rios Camaquã, Litoral Médio, Mampituba, Mirim São Gonçalo e Tramandaí.

O **Comando Iguaçu**, em integração estratégica e logística com o Comando Atlântico, envolvendo a margem sul do rio Iguaçu, os fluxos dos rios Canoas, Canoínhas, Chapecó, Chapecozinho, das Azas, do Peixe, Irani, Jacutinga, Jangada, Marombas, Pelotas, Peperi-Guaçu, Negro, Pelotas, Timbó; a bacia do Uruguai no Rio Grande do Sul envolvendo os rios Apuê-Inhandava, Butuí-Icamaquã, Ibicuí, Ijuí, Negro, Passo Fundo, Piratinim, Quaraí, Santa Maria, Turvo e Várzea; as bacias dos rios Paraguai e Paraná nos territórios da República.

É necessária forte segurança também nas locações estratégicas de Salto del Gauirá, Bosque de Mbaracayú, Curunguaty, província de Missiones e Assunção. Expedições militares do Paraguai e de mercenários haviam feito os seus treinos nos bosques de Mbaracayú; três meses antes da unificação haviam passado por Katuetê e cruzado Ñacunday, estabelecendo-se em Colônia Wanda. A esses se junta um grupo de 350 mercenários meio jagunços, sob o comando de

Valentino, cujo avô havia participado das Farroupilhas; esses haviam feito os seus treinos nos bosques de Iguaçu (atual parque nacional de Iguaçu), perto do atual Capitão Leônidas Marques com armas e munições despachadas de Assunção.

Rotas rodoviárias e ferroviárias conectadas com essas bacias hidrográficas também interligam o norte do Uruguai com as províncias Corrientes e Santa Fé na Argentina. Uruguaiana faz a conexão ferroviária e por estradas com Assunção, Buenos Aires, Florianópolis, Montevidéu, Porto Alegre, Santiago.

O **Comando Pacífico** está nos portos chilenos de Arica, Coquimbo, Iquique, Lirquén, Montt, San Antonio, Valparaiso, Viña del Mar, Punta Arenas, o mais estratégico para o controle da passagem do Estreito de Magalhães. Aos poucos, fortalezas são erguidas também em Antofagasta, Caldera, Coronel, Guacolda, Mejillones, Patillos, Quintero, San Vicente, Talcahuano, Tocopilla e Ventanas. Em Punta Arenas e Puerto Williams há uma unidade especial ligando os comandos do Atlântico e do Pacífico, com forte presença da marinha alemã e de Guarani.

A frota naval alemã patrulha a costa do Peru, assegurando-lhe a integridade territorial independente enquanto garante também a integridade independente da Bolívia e lhe promete uma saída para o Pacífico pelos solos da República Unificada.

Toda a divisa com o Brasil e a Bolívia é de natureza especial e fica sob responsabilidade direta das *Schutztruppe* com comando centralizado em Assunção em parceria com o exército unificado. A forças armadas são integradas num único exército a partir das forças armadas já existentes e ficam sob o comando de militares locais e recebem a última tecnologia e táticas de infantaria e artilharia supridos pela Alemanha.

Negociação da neutralidade americana

Na operação da unificação é preciso garantir a neutralidade dos EUA, ainda que esses não se dispõem a utilizar a sua marinha de guerra para enxotar a *Kaiserliche Marine* e as *Schutztruppe*. Mas os EUA podem dar apoio tático ao governo brasileiro para impedir a anexação de Santa Catarina e do Rio Grande do Sul pelo Reich. Os EUA também demonstram uma intenção de que a região mantenha menos comércio com a Inglaterra e a Europa. Até aqui, a Alemanha e EUA ainda são neutros um com o outro e a própria Inglaterra até a virada do século tem visto mais ameaça ao seu poderio naval advindo da França, da Rússia e dos próprios EUA e menos da Alemanha, a quem ainda vê até como possível parceira. Uma república unificada pode ser grande parceira comercial e estratégica dos EUA e da Inglaterra contra europeus e asiáticos. A própria Alemanha tem astutamente dado sinais em anos anteriores de que pode ser parceira dos EUA e Reino Unido na patrulha e segurança no Atlântico Sul e no Pacífico sul.

Está tudo armado para capturar, como reféns para negociação, o trem e a diretoria da ferrovia e da empresa madeireira com capital americano no interior de Santa Catarina. Rudolf que havia lutado bem jovem na guerra Franco-Prussiana e conhece detalhes da infantaria como ninguém, com mercenários é designado o responsável a eventual captura, se necessário; a ameaça de sequestro e a sequente liberação deverão ser negociados com o governo brasileiro para evitar conflitos militares e exigir a neutralidade dos EUA. Mas isso acaba nem sendo necessário ante a declaração de neutralidade americana à unificação da República do Kaiser. E, ante ao silêncio dos EUA e da intimidação de força e de logística exibidas pela Alemanha, o governo federal do Brasil não reage à anexação do Rio Grande do Sul e de Santa Catarina. Contudo, os EUA, a França e a Inglaterra inundam a região com espiões, a maioria locais, bem disfarçados e bem financiados para angariar informações valiosas e planejar uma eventual interferência militar para reverter a unificação; isso também acaba não acontecendo, devido à eclosão da Grande Guerra Mundial na Europa quatro anos mais tarde.

A República entra na teoria dos jogos aplicada à geopolítica internacional. Numa valorização de passe do potencial que já existia, mas era subutilizado, na Argentina, Chile, Paraguai, Rio Grande do Sul, Santa Catarina e Uruguai, a república parlamentarista torna-se indispensável ao grande jogo internacional já desde o seu nascimento. Ante a prosperidade econômica, estabilidade política, harmonia social e cultural e poderio militar, isso só se fortalecerá com o passar do tempo.

UNIFICAÇÃO DA REPÚBLICA SUL-AMERICANA

Segredos que não se adivinha
velha ordem cai por terra
forças protetoras e marinha
unificação e pouca guerra

cruzadores escoteiros e blindados
cruzadores leves e protegidos
contratorpedeiros e encouraçados
e marinheiros comprometidos

frota e esquadras de batalha
flotilhas e torpedeiros
a adesão já se espalha
submarino que é parceiro

boa tática e liderança
na república da esperança

IV

Prosperidade da República do Kaiser

Com a unificação garantida, o sistema educacional, os meios de comunicação e os periódicos impressos trabalham a construção de uma identidade nacional. Há uma crescente implantação de rádios, telégrafos e telefones no interior dos Territórios unificados. A concessão de estações de rádio é dada para operadores privados e também para organizações religiosas, escolas e empreendedores locais; junto com a concessão de rádios e para evitar controvérsia com a igreja católica romana, não há nenhum esforço institucional para trazer qualquer tipo de *Kulturkampf* para os solos da República e há completa separação entre assuntos de Estado e de Igreja.

O jornal *América do Sul* tem circulação em todas as regiões, com conteúdo único, sendo impresso nos mais diversos idiomas. O jornal *La Union* circula nas capitais dos Territórios e nas grandes cidades e é crucial para criar uma aceitação da nova república. Cruzeiros alemães comerciais vendem viagens para diversos cantos do mundo para acomodar as vontades das elites e da classe média.

Amplia-se a construção de ferrovias e rodovias, bem como o setor público dá um maior apoio à industrialização. A indústria naval, de produtos e automobilística, ferrovias e portos avançam e abastecem a logística militar. A engenharia naval e industrial recebe prioridade nos centros de formação e um grande estaleiro é construído em Puerto Montt. Inúmeras pessoas são enviadas para estudos em ciências exatas e biológicas nas universidades e centros politécnicos na Alemanha.

Nos esforços da Primeira Guerra Mundial, a Alemanha se vê obrigada a deslocar grande parte de sua já reduzida logística militar da República para a Europa, mas com o bom treino deixado se certifica da fidelidade local ao regime. A intenção é que, independentemente do cenário do armistício após a Grande Guerra, os laços comerciai com a Alemanha continuem e se fortalecer.

Os agentes e militares tem ordens estritas para evitar qualquer violência e derramamento de sangue em eventuais protestos. Para cativar a população e maximizar a sua adesão, bem como minimizar a oposição de outros países, tudo deve ser visto como uma reorganização da região e não como uma tomada imperialista. É o início de uma nova era, com prosperidade e harmonia, a ponto de em breve a República se tornar uma das potências da Terra.

Sistema político

De 1910 a 1920, a Alemanha exerce a influência militar e geopolítica por meio da *Kaiserliche Marine* e das *Schutztruppe*, mas não o controle econômico e nem político do Kaiser que fica por conta da população local. A chefia de governo é parlamentarista e a presidência da República, diretamente eleita, é rotativa em ordem alfabética dos Territórios para cada mandato.

Essa é uma federação de repúblicas unificadas regida por uma constituição aprovada para o propósito. Cada república unificada passa a chamar-se Território com o antigo nome de país e de estado. O presidente é eleito a cada 4 anos e em cada mandato advém de um dos 5 Territórios em ordem alfabética: Argentina, Chile, Iguaçu (Rio Grande do Sul e Santa Catarina), Paraguai e Uruguai. Na eleição, o Território da vez apresenta 3 candidatos à presidência, cada qual de um partido diferente e os eleitores da República do Kaiser escolhem um deles em sufrágio universal e secreto em todos os Territórios. Assim, cada Território se sente bem representado na federação pela chefia de Estado, enquanto a chefia de governo representa cada cidadão por meio dos deputados federais, do meio dos quais se escolhe o primeiro-ministro.

Os deputados da Câmara Federal e da Assembleia Legislativa de cada Território são eleitos com base em quociente eleitoral em cada distrito eleitoral.

É de suma importância que o chefe de Estado da República seja um Karaí Guazu bem respeitado e com capacidade agregadora para a garantia de um bom governo parlamentarista e da condução da ordem necessária para a prosperidade econômica, o equilíbrio político e harmonia social. A unificação cria um país complexo e multicultural, com o devido respeito às diferenças. As comunicações, a imprensa livre, a escola, as instituições, os partidos políticos, as associações de classes e as religiões terão papel importante nisso.

A primeira legislatura do Senado é composta de 11 senadores: 4 ex-presidentes das Repúblicas unificadas, 2 ex-governadores dos estados brasileiros unificados, 5 senadores eleitos, sendo 1 em cada Território para um mandato 8 anos;

A segunda legislatura do Senado é composta por 16 senadores: 1 ex-presidente da república, 5 ex-governadores dos Territórios do mandato que termina, 5 eleitos na primeira legislatura, 5 eleitos na segunda legislatura;

A terceira legislatura do Senado é composta por 17 senadores: 1 ex-presidente do primeiro mandato, 1 ex-presidente do segundo mandato, 5 senadores eleitos na segunda legislatura, 5 senadores eleitos na terceira legislatura, 5 ex-governadores do segundo mandato. Os ex-presidentes da república têm mandato vitalício no senado e se alguém renunciar, não há reposição, a cadeira fica vacante.

Senador federal da República do Kaiser

Período	Ex-presidente da república do Kaiser	Ex-governador de Território	Senador eleito por Território	Senador eleito na última legislatura	Ex-presidentes e ex-governadores da unificação
1911-1914	0	0	5	0	6
1915-1918	1 (vivo)	5	5	5	0
1919-1922	2 (todos os vivos)	5	5	5	0
1923-1926	3 (todos os vivos)	5	5	5	

O govenador do Território que está na sua vez para lançar os três candidatos à presidência da República pode lançar-se também. É de se esperar que o limite de mandato único para o presidente da República e para os governadores de Territórios e a cadeira de Senador vitalício para ex-presidentes e de quatro anos para ex-governadores do mandato anterior diminuam as maquinações com gastos irrelevantes para campanha de reeleição para se manterem no poder. Isso pode também representar de maneira equilibrada toda a República e levar a experiência do executivo para o legislativo. Os deputados e senadores também são a voz de seus Territórios, enquanto a cadeira da presidência da República é ocupada por alguém de outro Território, mas eleito pelos eleitores de toda a República. E a mais alta instância do sistema judiciário está no Supremo Tribunal Federal.

É implantado um regime de política multipartidária, sufrágio universal com eleições livres, diretas e respeitadas. O poder dos latifundiários é astutamente mantido para evitar oposição ao arranjo recém implantado, assim como tinha sido com os Junkers na Alemanha e como se tem feito até agora de forma semelhante na Argentina, Paraguai e Uruguai; ao mesmo tempo, pequenos e médios produtores rurais também conseguem adquirir os seus lotes para o cultivo. Também se espera que isso possa astuta e harmonicamente evitar parceria organizada e militante entre camponeses, a classe média urbana e trabalhadores industriais que poderiam levar a qualquer revolução. Para lembrar que esse regime utópico desejado não tem ligação com os movimentos de inspiração marxista, mas no sentido verdadeiramente liberal, europeu e germânico, bem longe da manipulação feita até agora por conservadores e medievais da América do Sul que, conveniente e hipocritamente, se autodenominam de liberais.

A sede do parlamento, do governo, da presidência da república e das embaixadas estrangeiras fica a cada quatro anos numa capital diferente: Buenos Aires, Santiago, Porto Alegre, Assunção e Montevideo, numa rotatividade por ordem alfabética rotativa dos Territórios: Argentina, Chile, Iguaçu, Paraguai e Uruguai.

Ciência, educação e prosperidade

A *Wissenshaftsideologie* alemã, que se desenvolve entre o final do século 18 e meados do século 19, influenciam o sistema de aprendizagem e ensino alemão. Agora também irá transformar a República, influenciada pela cultura ibérica e catolicista por 400 anos. A reação dos liberais alemães contra, bem como a assimilação de algumas demandas das revoluções de meados do século 19 ajudaram a criar um sistema econômico, político, social e cultural na Alemanha que agora servem no Hemisfério Ocidental, quando gritos de rebeldia também podem ser ouvidos com voz mais alta na medida em que leitura das teses marxistas avançam entre os esclarecidos da sociedade. Então é estratégico responder com teor liberal europeu.

A iniciativa da pesquisa nas universidades e centros politécnicos introduzidos por Alexander Humboldt na Alemanha e copiados por outras potências vão ampliar o pragmatismo um tanto já verificado na Argentina, Chile e Uruguai.

As filosofias de Bismarck, Darwin, Feuerbach, Hegel, Humboldt, Hume, Kant, Leibniz, Locke, Lutero, Montesquieu, Rousseau, Russell, Smith, Spinoza, Voltaire, Schopenhauer; a física de Boltzman, Clausisus, Einstein, Helmholtz, Newton, Planck e a matemática de Rieman passam a ser conhecidas. Os avanços dos laboratórios da Bayer, Hofmann, Siemens, Zeiss influenciam a indústria e a produção; os gigantes do metal Benz, Diesel, Krupp, Rathenau investem na República; a saúde individual e pública se beneficiará de Mendel, Koch, Virchow e Freud.

Forschung (pesquisa) se junta a *Lehre* (ensino), preparando melhor os administradores privados e públicos, comerciantes, empreendedores, engenheiros e trabalhadores para a produção agrícola e industrial, bem como para a construção da infraestrutura para energia, logística, transporte e armazenagem. A escola, a Universidade, os politécnicos não são estáticos, mas dinâmicos a serviço do crescimento econômico, aumento da renda, da prosperidade e da partilha. Economia não é mero acúmulo de riqueza por alguns e miséria por outros, mas prosperidade e partilha; economia é bem-estar, alimentos na mesa, boas residência e dinheiro no banco.

A República adota o sistema educacional holístico Humboldtiano que mistura artes com ciências, bem como aprendizagem com pesquisa. Seguindo o exemplo da Argentina já desde a virada do século, o ensino fundamental será ofertado a todos e gratuitamente pelo setor público, enquanto se respeita a liberdade de escola particulares e religiosas que queiram continuar. Há uma campanha em todos os Territórios para que cada pessoa tenha o Ensino Médio completo, assim como recomendam-se cursos técnicos.

Todas as escolas privadas e públicas seguem o sistema de ensino fundamental, médio e universitário da Alemanha. Há incentivo para todos lerem os clássicos da ciência, da filosofia e da literatura, apreciarem as artes, aprenderem música, praticarem teatro e um esporte e cada estudante aprender um idioma estrangeiro de sua livre escolha; é de boa recomendação que ao completar 15 anos todas e todos aprendam a dançar os ritmos de danças de todas as regiões da República. Universidades pagas são autorizadas e o ensino universitário gratuito é reservado somente para estudantes advindos de famílias com comprovação de insuficiência de renda. Autores novatos e aqueles com relevância já indispensável têm as suas obras publicadas por editoras universitárias públicas.

A transferência tecnológica e de conhecimento não tem limites nem controle. Tudo o que Alemanha tem, a República também tem. Os cursos de ciência política, governo, relações internacionais, engenharia naval são introduzidas em todas as universidades, enquanto a antropologia, ciências econômicas, direito e geografia recebem especial ênfase e são integradas entre si. As universidades e as escolas técnicas seguirão o sistema de Humboldt e bolsas de estudos são disponibilizadas para escolas politécnicas e universidades.

A velha dualidade cultural europeia entre o legado romano e o legado germânico, separado pelo rio Reno, encontrará a sua síntese em terras Abipone, Aché, Avá-Guarani, Aimará, Araucano, Aruaque, Atacamenho, Basco, Caaguá, Chamacoco, Chaná, Chango, Charrua, Colla, Diaguita, Guaicuru, Gguaiana, Guaná, Guarani, Guenoa-Minuano, Ibiraiara, Jês, Kaingang, Kawashkar, Mapuche, Mbiá, Minuano, Nhandeva, Pãi-Taviterã, Ppaiaguá, Pineré, Quéchua, Rapa Mmui, Wichi, Xokleng, Yagán, Yaro e, depois, por conquistadores e imigrantes. E essa síntese se alinhará a harmonia com a natureza e com a espiritualidade desses povos originários. Por sua vez o antiliberalismo e reacionarismo conservador e monopolista das elites desde as independências até agora, começa a desaparecer. Aqui não vai ser possível o reacionarismo abafar o liberalismo para depois mentir que defende o liberalismo contra a socialismo; nem tampouco o socialismo soviético encontrará campo fértil.

Além de manter os idiomas locais como cola social entre a população, os idiomas alemão e inglês são incentivados. O mais importante é assegurar a harmonia social, econômica, política, cultural e diminuir focos de resistência à construção da República. Onde se pode manter a herança centenária e o bom fluxo da vida normal das pessoas, das empresas, das escolas, da agricultura, tanto melhor e não se mexe.

Economia

Esse é um exercício pioneiro de *soft power* e de *smart power* onde a República é uma aliada estratégica da Alemanha e não uma colônia; e as colônias e protetorados ingleses, franceses e portugueses mundo afora olham com interesse. Parcerias mais ambiciosas e intervencionistas são feitas nas áreas de mineração. Quanto as importações e exportações, essas ficam em mãos locais; nenhum cidadão alemão controla empreendimento econômico local, nem farmácias, padarias, panificadoras e mercados estão todos nas mãos dos cidadãos locais, não impedindo, entretanto, que alemães possam ter iniciativas. Todo o comércio, assim como todo o sistema judicial e tributário municipal continua o mesmo. E, após o Tratado de Versalhes, a Alemanha também se apresenta em suas relações internacionais, em estilo com nítido contraste com o colonialismo de outras nações na África e a Ásia.

A República é um exercício de geopolítica para alimentar logisticamente o Reich, não necessariamente de conquista e padronização alemã. Empreendedores da Alemanha, até como disfarce das intenções políticas e militares, passam a importar aceleradamente erva-mate e toras de araucária da região que seguem para o porto de Itajaí, criando enormes oportunidades econômicas e aliados, enquanto as propriedades continuam nas mãos dos nativos e dos fazendeiros.

A abertura econômica com outros países também visa a obtenção equilibrada dos quatro Es: eficiência (menos desperdício), eficácia (o melhor resultado), estabilidade (inflação, juro, taxa de câmbio, finanças públicas) e equidade (oportunidades de rendas para quem ganha em forma de aluguel, juro, lucro e salário).

Economicamente há prosperidade e partilha. Mesmo com a saída das forças militares da Alemanha em 1920, a herança continua, não obstante esforços dos EUA e da França para minar os governos e causar confusão. Esses países não desejam uma república próspera e forte. Já a Alemanha, o Japão e o Reino Unido veem com pragmatismo e bons olhos esse "parceiro" estratégico para fazer negócios e garantir a passagem entre o Atlântico e o Pacífico.

Com a utilização das águas do aquífero Guarani é construído a maior cervejaria do Hemisfério Ocidental. Dado ao sucesso da república, aos poucos as outras repúblicas da região passam a fazer negócios com ela e do Canal do Panamá para baixo há picos de crescimento econômico. Já em meados da década de 1930, a República rivaliza os EUA no seu ritmo de desenvolvimento e poderio militar.

O país aceita, de bom grado, imigrantes de países vizinhos, bem como de outras regiões da Terra. A Itália também vê a república com bons olhos, pois continua a receber levas de migrantes italianos vindos em busca de oportunidades. Muitos sindicalistas e anarquistas italianos acabam migrando para cá e isso alivia a tensão política na Itália; desempregados da Alemanha também migram em massa entre 1920 e 1940. A Argentina, o Chile e o Paraguai continuam como grandes receptores de imigrantes alemães na América espanhola.

Com sua vocação natural para o mar e uso de engenharia naval alemã, dois grandes estaleiros, um na Argentina e outro no Chile, vão levar a autossuficiência marítima. Navios estrangeiros utilizam os portos como boa logística, sob o pagamento de pedágio e para o início de suas pesquisas na Antártica.

Avançando sobre o exemplo do Uruguai, em toda a República há liberdade sindical e aprovação do salário-mínimo e um sistema previdenciário por idade e invalidez. As áreas de educação, saúde e comunicações recebem concessão para investimento privado e as universidades públicas cobram uma taxa anual de matrícula que é reajustada sobre as taxas de inflação e de depreciação do patrimônio físico do ano anterior.

O Banco Central é totalmente independente do Tesouro Nacional, mas com representantes dos mais diversos setores da economia: agricultura, bancário/financeiro, comércio, comunicações, indústria, entidades empresariais, profissionais liberais, mineração, serviços, universidades. A moeda é emitida com lastro na produção da economia real. O regime de taxa de câmbio é flexível, com liberdade de entrada e saída ilimitada do capital externo. A moeda se chama *sol guarani* (G$) cujas cédulas de um lado retratam figuras históricas e de outro lado cenas de todos os Territórios da República. O país acumula uma boa reserva de ouro e de moedas fortes e, além da libra esterlina, a partir da década de 1920, outras moedas passam a ser aceitas para transação comercial interacional: dólar americano, marco alemão, franco francês; também aceitam rubro soviético, iene japonês, ouro e prata como recebimento das exportações.

O sistema penitenciário é autossuficiente com produção própria de alimentos, construções e manutenção da infraestrutura imobiliária. Os salários dos agentes penitenciários e da polícia são pagos pelo governo de cada Território. Há um sistema educacional dentro dos presídios, oferecendo ensino fundamental e médio e cursos técnicos para todos. Casas de ressocialização combinam um sistema educacional com sessões de psicologia.

A República reconhecidamente começa e ser chamada a Arcádia das Américas assim como a Suíça das Américas. Cassinos são legalizados e tributados, assim como jogos de azar. As regiões litorâneas se tornam o magneto para cassinos, conferências internacionais, cruzeiros, conferências, hotelaria, turismo, residência de aposentados, e tratamento médico.

Apesar de cargo figurativo, cada presidente tenta levar para a república os avanços científicos, culturais, econômicos, políticos e sociais que vê em seu Território. Esse é o caso capitaneado pelo presidente de origem uruguaia, que estabelece a jornada de trabalho de 8 horas de segunda a sexta-feira e legaliza o divórcio; outro exemplo advindo da região do Uruguai é a permissão da concorrência de empresas públicas com empresas privadas no mesmo ramo de atuação.

Com a República próspera e estável e com a petrolífera alemã assegurada no Tratado de Versalhes, a Segunda Guerra Mundial não acontece e nem as ditaduras no bico da América do Sul entre 1910 e 1954. A Alemanha influencia o desenvolvimento econômico, político e social na região de maneira semelhante como o Reino Unido com relação aos EUA, Canadá, Austrália e Nova Zelândia.

A prosperidade da República ocorre entre 1910 e meados 1950. Buenos Aires é o magneto do comércio exterior, o centro financeiro é o Uruguai, o comando do exército está no Paraguai, o comando marítimo está no Chile e o comando militar terrestre em todos os Territórios.

As inovações que cada região já vinha apresentado desde as independências dos espanhóis e dos portugueses são generalizadas para a república inteira. A unificação não traz reforma agrária e as estâncias rurais permanecem como já são em todas as regiões unificadas. Isso é mais uma estratégia para dirimir resistência e garantir a harmonia política das elites rurais e a agradar às elites industriais com uma boa reserva de mão de obra e facilitar o recrutamento militar em famílias de baixa renda ou entre desempregados. Por sua vez, com trabalhadores rurais e urbanos tendo renda real alta, o consumo doméstico também eleva à prosperidade de produtores, comerciantes, profissionais liberais e prestadores de serviços.

A nova república em muito se molda geograficamente no caminho de Peabiru, mas a somente partir do porto de São Francisco do Sul em Santa Catarina e sem abranger partes da Bolívia e do Peru,, com a sua integridade territorial garantida.

Malvinas e Magalhães

Controladas desde 1769, as Malvinas têm o West point e a Hill Cove e North Arm e na redondeza as ilhas Sanduíche e São Jorge. É essencial à *Kaiserliche Marine* e as *Schutztruppe* terem o controle estratégico das ilhas Malvinas, pois sem isso a marinha inglesa pode utilizar a sua logística para iniciar ataques aos portos da República, assim como desembarcar tropas nos territórios e tentar reverter tudo. A Alemanha, contudo, não tem cacife para controlar as Malvinas em 1910 e as batalhas de Coronel e das Ilhas Malvinas em 1914 garantem a continuidade do controle ao Reino Unido; mesmo isso não leva os ingleses a gastar energias com a República. Com a Primeira Grande Guerra já em curso e com a sua marinha já bloqueada na Europa, a Alemanha só pode contar com parte de sua esquadra no Pacífico e na América do Norte, pois possui o controle de parte da Nova Guine, Arquipélago Bismarck, ilhas em Salomão, Caroline, Ladrone, Pellew, Marshall e Samoa.

Na **Batalha de Coronel** em 1 de novembro de 1914, os alemães, sob o comando do vice-almirante Maximilian Johannes Maria Hubert Reichsgraf von Spee, vencem os britânicos. A esquadra alemã é composta pelo cruzador leve Dresden com 10 canhões de 4.1 polegadas, 8 canhões 2 polegadas, 2 tubos de torpedo com 17.7 polegadas; o cruzador blindado pesado *Gneisenau* (vindo de Tsing Tao, China) com 8 canhões de 8.3 polegadas e 6 canhões de 5.9 polegadas, 18 canhões de 3.5 polegadas, 4 tubos de torpedo de 17.7 polegadas; o cruzador leve *Leipzig* (vindo da costa americana) com 10 canhões de 4.1 polegadas, 10 canhões de 1.5 polegadas, 2 tubos de torpedo de 17.7 polegadas; o cruzador leve *Nürnberg* (vindo da costa norte americana) com 10 canhões de 4.1 polegadas, 8 canhões de 2 polegadas, 2 tubos de torpedo de 17.7 polegadas; o cruzador blindado pesado *Scharnhorst* (vindo de Tsing Tao, China) com 8 canhões de 8.3 polegadas, 6 canhões de 5.9 polegadas, 18 canhões de 3.5 polegadas, 4 tubos de torpedos de 17.7 polegadas.

Os britânicos estão sob o comando do contra-almirante Sir Christopher Cradock (morto na batalha) e são compostos pelo encouraçado *Canopus* (que não combate por lentidão) com 4 canhões de 12 polegadas e 12 canhões de 6 polegadas; o cruzador blindado pesado *Good Hope* (afundado) com 2 canhões de 9.2 polegadas e 16 canhões de 6 polegadas; o cruzador leve *Glasgow* (avariado) com 2 canhões de 6 polegadas e 10 canhões de 4 polegadas; o cruzador blindado pesado *Monmouth* (afundado) com 14 canhões de 6 polegadas; o cruzador auxiliar Otranto (escapou) com 6 canhões de 4.6 polegadas.

Na **Batalha das Malvinas** em 8 de dezembro de 1914, os alemães são comandados pelo vice-almirante Maximilian Johannes Maria Hubert Reichsgraf von Spee e são derrotados pelos britânicos. Eles lutam com os mesmos navios de guerra usados na batalha de Coronel, quer seja, o cruzador leve Dresden (afundado de propósito depois da batalha, perto da ilha de Robinson Crusoe); o blindado pesado Gneisenau (afundado); o cruzador leve Leipzig (afundado); o cruzador leve Nürnberg (afundado); o cruzador blindado pesado Scharnhorst (afundado). A esses foram adicionados os colliers auxiliares Baden, Santa Isabel e Seydlitz (escapou). Reichsgraf von Spee e uns 2000 marinheiros são mandados ao fundo do mar.

Os britânicos, comandados pelo almirante de frota Sir Frederick Charles Doveton Sturdee e o almirante John Luce derrotam os alemães e asseguram as Ilhas Malvinas, São Jorge e Sanduiche. Sua frota naval é composta pelo cruzador leve *Bristol* com 2 canhões BL de 6 polegadas, 10 canhões BL de 4 polegadas, 4 canhões QF de 1.9 polegadas, 2 tubos de torpedo de 18 polegadas; o cruzador blindado *Carnarvon* com 4 canhões BL de 7.5 polegadas, 6 canhões BL de 6 polegadas, 2 canhões QF12, 18 canhões QF-3, 2 tubos de torpedo de 18 polegadas; o cruzador blindado *Cornwall* com 2 canhões BL de 6 polegadas, 10 canhões QF12 de 3 polegadas, 3 canhões QF3 de 1.9 polegada, 2 tubos de torpedo de 18 polegadas; o cruzador leve *Glasgow* com 2 canhões de 6 polegadas, 10 canhões de 4 polegadas, 4 canhões QF 3 de 1.9 polegadas, 2 tubos de torpedo de 18 polegadas; o cruzador de batalha *Inflexible* com 4 canhões de 12 polegadas, 16 canhões de 4 polegadas, 5 canhões de 18 polegadas; o cruzador de batalha *Invincible* com 4 canhões de 12 polegadas, 16 canhões de 4 polegadas, 5 canhões de 18 polegadas; o cruzador blindado *Kent* com 2 canhões de 6 polegadas, 10 canhões QF 12 de 3 polegadas, 3 canhões QF 3 de 1.9 polegadas, 2 tubos de torpedo de 18 polegadas; o cruzador mercante armado e protetor *Macedonia*.

Lembrando das palavras quase deterministas de que "há um espírito que é colocado na equipe do navio e que esse é mantido enquanto o navio existir," os alemães cruzam confiantes para ao Atlântico Sul depois da triunfante Batalha de Coronel; mas sofrem as catastróficas perdas nas Malvinas pela falta de informação de que a esquadra britânica tinha atracado no porto de Stanley, no dia anterior e os aguardava de prontidão. Tragicamente, tanto em Coronel quanto em Malvinas, as batalhas se deram por insuficiência de informação.

A passagem internacional do estreito de Magalhães e do canal de Beagle pelas marinhas mercantes e de guerra são garantidas. Com a sua marinha bloqueada pelos britânicos nos mares da Europa durante e Primeira Guerra Mundial (1914-1918), de nada vai adiantar à Alemanha realocar os seus navios presentes nos portos da República; seriam afundados no alto mar ou presos assim que chagassem em território europeu, então decidem ficar e manter a guarda dos portos da República.

Após 1915, já com a Primeira Guerra Mundial em curso, ficam mais altas as vozes internacionais para a Alemanha sair da República e a Alemanha faz o seu preço: retira os seus navios de guerra e as suas tropas do território em troca da permissão para ter uma empresa petrolífera. Todos os serviços de informação já sabem que no evento de um armistício com uma Alemanha derrotada na Europa, os EUA, França, Inglaterra e Itália pretendem proibir a Alemanha de ter uma empresa petrolífera, além da Alemanha, ter ferido a doutrina de Monroe na sua aventura guarani. Mas a Alemanha consegue a sua petrolífera e isso afeta o curso da história tanto na América do Sul quanto o da Europa nas décadas de 1920, 1939 e 1940.

Referendo

Com o término da Primeira Guerra Mundial, os aliados querem impor a proibição da Alemanha em ter uma empresa petrolífera. Em troca da permissão para ter a sua petrolífera, a Alemanha se prontifica para a retirada militar da República e propõe um referendo em cada um dos cinco Territórios sobre a continuidade deles na unificação ou não.

Pressão dos EUA, do Reino Unido e da França forçam o Brasil a demandar o Território de Iguaçu (Rio Grande do Sul e Santa Catarina) que vota pela saída e reintegração ao Brasil; a Argentina, o Chile, o Paraguai e o Uruguai votam pela continuidade da unificação.

Agora tendo obtido o direito de ter a sua empresa petrolífera, os alemães retiram as suas *Schutztruppe* da República Guarani, que continua a funcionar e a prosperar até meados da década de 1950 com excelente infraestrutura deixada pela engenharia alemã conectando rodovias, estrada, portos, silos para estocagem de alimentos e produtos perecíveis, forte comércio internacional e sistema educacional e político sólidos.

Anos mais tarde, empreendedores alemães, americanos e ingleses vão explorar separadamente o petróleo do Chaco e o gás natural da Bolívia, uma vez que a Guerra do Chaco não acontece. Todos os países diminuem seus gastos nas marinhas de guerras e em armamentos. O desenvolvimento econômico é de interesse dos poderes e a república exporta majoritariamente carne, cobre, couro, guano, lã, madeira, milho, salitre, sorgo, trigo.

O Território da Argentina, que já era próspero na comemoração de seu centenário de independência, vai liderar as boas práticas de negócios e o bom relacionamento comercial com a Europa, EUA e Ásia. Chile e Uruguai seguem na mesma linha e o Paraguai vai retomar o seu ritmo prior ao Guerra Guaçu e também avança consideravelmente.

A mistura do carvão, aço, ferro, química e engenharia do *Deutsches Kaiserreich* e a *Wissenshaftsideologie* agora fazem parte da bacia hidrográfica do Prata e do sul dos Andes. Também traz urbanidade e avanço científico, tecnológico e industrial; automobilismo, futebol, golfe, hipismo, polo, tênis são as modalidades de esporte que mais se destacam, mas há muitas outras. As montas em pelo, os festivais de ginete de Jesus Maria em Córdoba e em Montevideo são expressões fortes do espírito da república.

Alguns até chegam a propor parte da Patagonia para a criação de uma grande Aliá para acomodar parte da comunidade judaica na diáspora. Por pouco a República não hospeda um novo templo de Salomão; mesmo assim comunidade conclui que a *terra da promessa* não é o mesmo que a *terra prometida*.

E se tudo teria sido diferente...

Argentina

A esse cenário fictício da República, contraste-se uma realidade em que a Argentina teria tido radicalismos entre 1916 e 1930, a década infame com golpes de Estado em 1930, golpe de Estado em 1943, revolução 1943-1946 e o peronismo entre 1946 e 1955. Contraste-se uma realidade mais positiva em que a Argentina teria tido avanços econômicos, políticos e sociais significativos até a década de 1930; grande crescimento econômico, abertura com o mundo, investimento estrangeiro e comércio exterior e avanços civis como o voto secreto e universal, a lei do divórcio, o salário mínimo e a previdência, o respeito ao federalismo, a democratização do ensino superior, a exploração do petróleo, a marinha mercante, a prosperidade econômica e financeira, baixo desemprego e industrialização acelerada.

Chile

A esse cenário fictício da República contraste-se uma realidade em que o Chile teria tido conspirações de militares em 1912 e em 1919, golpe de Estado em 1924 e 1925, conspiração em 1930, queda do presidente da República em 1931, motim de marinheiros em 1931, insurreição de comunistas em 1931, dois golpes de Estado em 1932, conspiração em 1933, 1935 e 1936, massacre em 1938, tentativa de golpe de

Estado em 1939, conspiração em 1948, tentativa de conspiração em 1954.

Paraguai

A esse cenário fictício da República, contraste-se uma realidade em que o Paraguai teria tido um golpe de Estado em janeiro de 1911, a renúncia presidencial em 1932, uma guerra civil entre 1922 e 1923, a guerra do Chaco contra a Bolívia entre 1932 e 1935, a revolução febrerista de 1936, a ditadura de Higinio Morínigo de 1940 a 1948, a guerra civil de 1947, a moratória dos pagamentos da dívida externa em 1952 e o golpe de Estado em 1954.

Uruguai

A esse cenário fictício da República, contraste-se uma realidade em que na política o Uruguai teria tido um Conselho Nacional de Administração (1918-1933), o Plebiscito de Cerro Chato (1927), um golpe de Estado em 1933-1938 e a aproximação com o fascismo da Europa, uma tentativa de revolta em 1935, a instabilidade política com o Conselho Nacional de Governo (Sistema Colegiado 1952-1967); na esfera econômica o protecionismo desde a década de 1930 e uma crise econômica que se inicia em 1955 e queda de preços das commodities exportadas. Numa agenda mais positiva, contraste-se uma realidade onde ocorrem avanços sociais-democratas como a aprovação de direitos trabalhistas, apoio à maternidade e lei do divórcio, pensão por velhice e invalidez e o setor público cuida dos serviços básicos, inclusive a administração de portos, de ferrovias e de alguns bancos.

REPÚBLICA DO KAISER

União de Guaranis e Charruas,
Kaingangs, Xoklengs e Payaguás
Minuanos, Mapuches e Quéchuas
Gaúchos, Guaicurus e Aimarás

Patagônia, rios e cordilheiras
superando a barbaridade
Chaco, pampas e geleiras
em partilha e prosperidade

do Pacífico ao Atlântico
Kaiser, nativos e latinos
cada qual no seu cântico
harmonia em muitos hinos

justiça, regra, lei e juízo
paz na república em paraíso

V

Desintegração, ditaduras e brutalidade

Mesmo aqueles que inicialmente se opunham à unificação e ao arranjo que os alemães deixam, concordam que pelo menos há prosperidade, democracia, ordem e as palavras direito e liberdade são respeitadas; há leis e regras e todos, no setor privado e público, as respeitam. A ordem prussiana se associa ao liberalismo e ao iluminismo já tradicionais na região e a República atinge um respeitado grau de maturidade política e pujança econômica, se tornando uma economia desenvolvida em igualdade e grandeza a outras da Terra e até rivalizando os EUA em força econômica, diplomática e militar. Por pouco não chega a se tornar uma *soziale Marktwirtschaft* nos moldes de Wilhelm Röpke e da Alemanha contemporânea.

Porém, após anos de harmonia e prosperidade, uma série de fatos e pressões de oligopólios e grupos conservadores internos e o interesse dos EUA para criar uma esfera de influência na região leva ao colapso e à brutalidade. As ditaduras se sustentam sob a força militar com a justificativa de impedir o comunismo e defender a civilização ocidental cristã. Mas nenhum desses experimentos terá um sabor dos valores que construíram a Alemanha desde a sua unificação em 1871 na esfera econômica, científica, cultural, democrática, diplomática, educacional, humanitária, ideológica, jurídica, militar, partidária, política, religiosa, social e tecnológica.

Com a polarização da Guerra Fria a partir da década de 1950, é orquestrada, por dentro e por fora, a estratégia de dividir para governar. Sob a justificativa fictícia, mas creditável, espalha-se o medo de que a União Soviética teria o desejo de fazer uma parceria com a República e golpes de Estado são engendrados em efeito dominó e experimento caminha para a sua desintegração.

Ao invés da fictícia *República,* na realidade há ditaduras e ranger de dentes. Como o cão que fica com gosto do sangue na boca após matar a primeira ovelha nos Pampas, há orquestrações internas e externas para a implantação de ditaduras em todos os Territórios que se desmembram da República, bem como em toda a América Latina, exclua-se México que segue com um partido do poder permanente desde 1929.

Após mais de 40 anos de prosperidade, tudo começa a se esfacelar com o golpe militar no Paraguai em 1954 e termina de vez com a sequente saída dos outros três Territórios. A harmonia vivida até então é substituída pela brutalidade, cegueira ideológica, censura, intimidação, perseguição, terrorismo de Estado, truculência e violência na política que leva aos dramas de baixo crescimento econômico, calote em contratos, corrida armamentista, dívida externa, dívida pública, desemprego, inflação, instabilidade cambial, pobreza e miséria para grande parte da população. Tudo isso é acompanhado de uma espiral descendente de escandalosa concentração de renda e riqueza, corrupção privada e pública, criminalidade, dependência química, desrespeito aos direitos humanos, emigração, êxodo interno em direção à grandes cidades, exploração sexual, fuga de cérebros para outros países, grupos armados, homofobia, manipulação ideológica, medo, milicias, narcotráfico poderes paralelos ao do Estado, proselitismo, racismo, surgimento de favelas e bolsões de pobreza, tortura e xenofobia.

Seja em períodos de democracia ou de ditadura, desde meados da década de 1950 a região tem sofrido sistematicamente nas mãos de usurpadores do poder na esfera privada e na esfera pública nas formas de autoritarismo, burocracia, chauvinismo, cleptocracia, clientelismo, coronelismo, corporativismo, corrupção, demagogia, elitismo, falso-nacionalismo, favoritismo, fisiologismo, golpismo, intervencionismo, monopolismo, nepotismo, oligarquia, plutocracia.

Argentina

Seguindo o Paraguai, a Argentina deixa a Federação, para se engalfinhar no golpe de Estado e a *revolução libertadora* entre 1955 e 1958; as fragilidades entre 1955 e 1966 são seguidas de golpe de Estado civil em 1962, golpe de Estado com revolução 1966-1973, instabilidade a partir de 1969, golpe de Estado 1976-1983, crises econômicas, políticas e sociais nas décadas seguintes.

Em 1976 as três forças armadas assumem a Argentina como junta governista sob a promessa de uma *reorganização nacional*. Prisões, torturas, desaparecimentos e execuções se tornam a norma do dia até 1983; grupos paramilitares praticam atos de terrorismo e o governo pratica terrorismo de Estado, persegue estudantes e esquenta disputas de fronteiras com o Chile, quase a ponto de levar a uma guerra convencional entre os dois países.

Nas décadas seguintes, aos poucos o setor industrial declina, levando à concentração de renda e riqueza, pobreza e favelas, acirramento entre classes sociais, inflação, dívida externa, crise fiscal e pedido de socorro ao Fundo Monetário Internacional. Buscando o apoio popular, o regime moribundo, embarca na desastrada tentativa de retomada das Ilhas Malvinas em 1982, que já haviam sido reasseguradas pelo Reino Unido na batalha de 1914. A Guerra das Malvinas, sangrenta e dolorosa, acaba por levar a Argentina à redemocratização.

Não obstante alguns dilemas econômicos, políticos e sociais, a Argentina tem sempre estado presente nos noticiários e marcado uma presença significativa no cenário internacional. Entre os seus cidadãos que mais têm se destacado nos últimos 100 anos estão Adolfo Perez Esquivel, ativista de direitos humanos e prêmio Nobel da Paz; Carlos Gardel, compositor que tornou o Tango mundialmente conhecido; Enrique Dussell, filósofo da libertação; Ernesto Che Guevara, o guerrilheiro mais famoso de todos os tempos; Eva Peron, ícone do populismo de massas; Gabriela Sabatini, tenista; Isabel Martinez de Peron, presidente da República e exilada; Jorge Luis Borges, literatura; Jorge Mario Bergoglio como Papa Francisco na Igreja Católica; Juan Domingos de Peron, político populista; Juan Manoel Frangio, automobilismo; Luisiana Lopilato, atriz; Manu Ginóbili, basquete; Martina Stoessel, artista e atriz; Máxima Zorreguieta Cerruti como rainha consorte dos Países Baixos; Mercedes Sosa, cantora.

Tendo sido campeã da Copa do Mundo em 1978, 1986 e 2022, tem nomes conhecidos do futebol nos lares mundo afora: Carlos Tevez, Diego Maradona, Emiliano Sala, Gabriel Batistuta, Lionel Messi, Mauro Icardi, Paulo Dybala, Sergio Agüero.

Chile

Depois da tentativa de conspiração de 1954, o Chile, se espelhando no Paraguai, aproveita para também sair da Federação. Há nova tentativa de conspiração em 1969, o assassinato do comandante das forças armadas em 1970 e tentativa de golpe de Estado em 1973. A essa tentativa, em 1973, um general dá um golpe de Estado de fato e assume poder total no Chile e a ditadura dura até 1990. Direitos humanos são suspensos, ocorrem sistematicamente aprisionamentos com tortura e desaparecimento de oponentes e banimento de sindicatos trabalhistas e de partidos políticos oposicionistas. Enquanto umas 200 mil pessoas se exilam, o regime tenta alinhar a economia do país àquela dos EUA e faz avanços significativos com desempenho econômico acima da média dos outros ex-membros da República.

De início cria-se uma junta militar para agradar às três forças armadas, com a intenção da presidência do país ser rotativa, mas o comando acaba ficando por conta de um mesmo general e a junta então substitui o poder legislativo. A exemplo de outras ditaduras militares encomendadas, os autoritários serviçais apresentam-se com um sentido de missão, para reconstruir a pátria *despedaçada* e defender a *civilização ocidental cristã*.

Basta imaginar um cenário diferente, com a República ainda existente, e indagar se o projeto FUBELT, os eventos entre 1950 e 1970 e a própria ditadura teriam de fato acontecido.

O Chile tem constantemente estado presente nas manchetes do mundo e isso desde os tempos de sua busca pela independência. Tem conseguido uma mistura de política social avançada e bom racionalismo econômico. Entre os chilenos famosos nos últimos anos estão Augusto Pinochet, comandante das forças armadas e presidente da República; Fernando Gonzáles, tenista; Gabriel Boric Font, o mais jovem presidente da República; Gabriela Mistral, poetisa e prêmio Nobel da Literatura; Isabel Allende, escritora; Luis Lucho Gatica, cantor de bolero; Marcel Ríos, tenista; Michele Bachelet, presidente da República e Comissária da ONU para Direitos Humanos; Pablo Neruda, poeta e prêmio Nobel da Literatura; Salvador Allende, presidente da República; Sebastian Piñera, bilionário, professor e presidente da República.

A Ilha de Páscoa e o deserto de Atacama com o observatório de astronomia são peculiaridades do país.

Paraguai

O Paraguai, protagonista na criação da República Unificada em 1910, vai ser protagonista do seu fim. Entre 1954 e 1989 se afunda num regime que finge ser liberal, mas não no verdadeiro sentido europeu e iluminista de John Locke, Montesquieu e Rousseau e mais no sentido retrógrado e conservador de privilégios e tratamento preferencial pelo Estado aos já poderosos. Ao justificar-se por "cassar comunistas", na verdade caça oponentes e nem por isso é um aliado da liberdade humana em todos os níveis e esferas, privada e pública.

Um regime autoritário, de corrupção institucionalizada, militarizado, uni partidário, ideológico acaba por se tornar sólido e estável; apesar de ser um dos mais perniciosos contra os direitos humanos, tem o apoio da igreja católica romana e de conservadores. Generais iludidos pelo poder, com "dever à pátria" e bajulados com uniforme, promoção, homenagens, ornamentos e medalhas são serviçais de causas que não são as mesmas deles e nem aquelas da população, sempre pisoteada. Nesse regime prolongado, cada qual no setor público têm com funções específicas, o Governo, as forças armadas e o partido político e, assim, permitem uma colaboração sincronizada entre eles; as eleições periódicas com candidatura única para presidência da República servem para dar uma fachada na pretensão de escapar da acusação de ser uma ditadura puramente militar.

A política econômica implementada durante o regime até chega a ser eficiente no controle de gastos públicos, estabilidade na taxa de câmbio, controle de inflação, eliminação de subsídios e distribuição de terras para quem presta o serviço militar; por outro lado, atenta contra o liberalismo econômico ao restringir o crédito, controlar preços, congelar salários, controlar e manipular sindicatos trabalhistas.

Tudo isso resulta no empobrecimento de grande parte da população, violência política, dívida externa (1960s) e inflação (1970s); a concentração de riqueza aumentou em favor de grandes latifundiários, empresários, funcionários públicos do alto escalão, bem como entre traficantes de drogas e contrabandistas.

Para diminuir a influência da Argentina, o Paraguai passa atualizar o porto de Paranaguá sem tributações, constrói a Ponte da Amizade e a Usina Hidroelétrica de Itaipu em parceria com o Brasil, que somadas a iniciativas de infraestrutura interna levam a um crescimento econômico razoável na década de 1970.

A longa ditadura civil-militar entre 1954 e 1989 termina com o golpe de Estado em 1989 e é seguida de redemocratização, mas os problemas econômicos, políticos e sociais estruturais continuam.

Por vezes olhado de maneira até injusta por quem não o conhece, o Paraguai tem uma identidade originária e admirável. Entre os paraguaios mais famosos estão Alfredo Stroessner, presidente da República; Augusto Roa Bastos, escritor; Fernando Lugo, ex-bispo e presidente da República; Francisco Solano López, presidente da República e comandante contra a Guerra Guaçu; Fulgencio Yegros, soldado-líder da Independência, primeiro presidente da República e fundador da Academia Militar do Paraguai; Hugo Rodriguez Alcalá, escritor e poeta; José Gaspar Francia, presidente da República e construtor do país após a Independência; José Luis Appleyard, poeta; Luis Bordón, compositor e popularizador da harpa paraguaia; Luis Maria Argaña, líder oposicionista contra a ditadura; Pedro Juan Caballero, militar e líder da Independência.

Uruguai

O Uruguai elege um presidente em 1972, que um ano depois se torna um civil autoritário respaldado pelas forças armadas e invoca uma *conspiração contra a pátria*, uma fachada ideológico-fictícia, para dissolver o Parlamento e com o Conselho de Estado implantar o terrorismo de Estado numa ditadura cívico-militar que dura até 1985. Se digladia com oponentes dos partidos políticos, desaparições, prisões em massa, torturas e desaparecimentos sistemáticos. Apesar de progresso econômico, harmonia social e referência financeira internacional, essa é a ordem do dia até o retorno à democracia em 1985.

Apesar dos altos e baixos na economia e na política, o Uruguai vem marcando presença no cenário internacional. Foi o primeiro país a hospedar uma Copa do Mundo em 1930 nos estádios Centenário, Gran Parque Central e Pocitos e o primeiro a liberar a produção, comércio e uso de maconha em

2013; também foi o país que mais se aproximou do sistema de governo da Suíça com o Sistema Colegiado entre 1952 e 1967.

Entre seus personagens famosos desde o século 20 estão Bárbara Mori como modelo e atriz; China Zorilla, atriz de teatro e de filmes; Déborah Rodriguez, atleta; Eduardo Galeano, escritor; Horacio Quiroga, roteirista e poeta; Joaquín Torres Garcia, artista; Jorge Larrionda, juiz de futebol; José Battle y Ordoñez, presidente da República; Juan Luis Segundo, teólogo; José Mujica, presidente da República e tido como o mais pobre ex-chefe de Estado do mundo; Mario Benedetti, escritor e poeta; Natalia Oreiro, atriz e compositora; Virgina Brindis de Salas, poeta.

No futebol, tem nomes conhecidos nos lares do mundo todo: Diego Forlán, Diego Lugano, Edinson Cavani, Gus Poyet, Luis Suárez, Oscar Tabárez.

O **Rio Grande do Sul** tem peculiar identidade cultural, fidelidade territorial de seus habitantes e história política estadual e nacional ativas. A começar com o nativo marechal Hermes Rodrigues da Fonseca (1910-1914), acaba por oferecer seis presidentes da República ao Brasil com Getúlio Dornelles Vargas (1930-1945, 1951-1954), João Belchior Marques Goulart (1961-1964, o único civil), Artur da Costa e Silva (1967-1969), Emilio Garrastazu Médici (1969-1974), Ernesto Geisel (1974-1979), sendo que Leonel de Moura Brizola foi candidato por diversas vezes. O estado é um dos mais fortes do país, em todos os sentidos.

De **Santa Catarina**, Nereu de Oliveira Ramos ocupa a presidência da República por quase três meses entre 1955 e 1956. Com diversos portos é também referência em avicultura, construção, metalmecânica, suinocultura, têxtil, turismo e serviços de saúde no seu litoral.

A região descrita continua com sua população muito simpática na busca da prosperidade e da partilha.

E aqui termina a ficção da República do Kaiser que nunca aconteceu.

TRAGÉDIA DAS DITADURAS

Ditadores e carniceiros
Assassinos e golpistas
Tupamaros e Montoneros
prisioneiros em grande lista

brutalidade e chacina
na Argentina e Uruguai
ideologia e propina
no Chile e Paraguai

desaparecimento e tortura
paramilitares e terrorismo
exílio e loucura
e fictício comunismo

a morte e o esquadrão
nunca mais passarão

INCAS, GUARANIS E GAÚCHOS

Andes, montanha e geleira
nativo, europeu e africano
rio, pampa e fronteira

araucano, andaluz e minuano
Patagônia e coxilha ondulada
missões, jesuíta e franciscano

monta em potro sem nada
mangue, peixe e salmão
oceanos e a Antarctica gelada

poncho, estância e chimarrão
poesia, donzelas e amores
churrasco e fogo de chão

jugo de conquistadores
pólvora, espada e guerra
forasteiros e charqueadores

luta e disputa de terra
arame, cerca e porteira
cânion, escarpa e serra

terere, guampa e chaleira
harpa, tango e guanaco
riqueza, minério e madeira

deserto, mata e chaco
porto, ferrovia e estrada
lavoura e busca do naco

boleada, chiripá e geada
gado, ovelha e cavalo
gaita, violão e sapateada

história em cada intervalo
em horas marcadas no sino
a morte descansa no valo

gaúcho, guarani e andino
viventes em cidades e grotas
terras ao Sul em destino